Les peuples de lumière

Tome 1

Le prisme

à paraître bientôt

ELIZABETH FILIATREAULT BRASSARD
RÉAL BRASSARD

Les peuples de lumière

Tome 1

Le prisme

COLLECTION
Jeunes Auteurs

Éditions RELIÇa

La collection Jeunes Auteurs des Éditions RELIÇA désire aider nos jeunes écrivains et écrivaines à publier leurs réalisations.

info@editionsrelica.com
www.editionsrelica.com

Impression : Transcontinental Métrolitho
Infographie et logo : Marie-Claude Mercier
Dessins : Catherine Cliche
Révision et correction : Carine Drillet

ISBN 978-2-9810092-0-3
Dépôt légal - Bibliothèque
et Archives nationales du Québec, 2007

Dépôt légal - Bibliothèque
et Archives Canada, 2007

les peuples de lumière

les peuples ɒe lumière

les peuples de lumière

Pour Linda, ayant choisi d'élever sa progéniture plutôt que de s'élever elle-même dans une société qui, malheureusement, ne la reconnaît toujours pas.

Les peuples de lumière

prologue

Allongé sur ma chaise en bambou tressé, à l'abri dans ma véranda, profitant de cette douce brise d'automne qui pénètre par les moustiquaires, j'ajuste mes lunettes sur mon nez pour mieux observer mes petits-enfants qui jouent dans la cour arrière de notre domaine de Terrebonne, cette ville où je suis né, il y a fort longtemps. Sous une légère bruine tombant d'un ciel grisâtre, enveloppés de leur imperméable, ces trois petits garnements taquinent les nombreuses truites dont j'ai ensemencé l'étang le printemps dernier. Ensemble, ils ont décidé de pêcher leurs mets favoris. Le plus souvent, c'est la petite dernière qui, à elle seule, réussit à extraire les plus belles prises de l'étang. Serait-ce qu'elle est la plus habile, ou bien ce sont les plus âgés qui lui laissent ce plaisir qu'elle chérit tant? Je n'y ai jamais réellement porté attention, mais je soupçonne les aînés d'être aimables avec la benjamine.

L'amour, le respect et l'entraide familiale sont des notions profondément établies dans notre clan. Moi-même, j'ai appris ces valeurs à une époque où elles n'avaient pratiquement plus aucune signification. Et pourtant, elles furent d'un intérêt des plus important pour notre civilisation.

Nous tentons, ma femme et moi, de les leur inculquer dès le plus jeune âge, car ils en auront certainement besoin tout au long de leur vie. Qui sait ce qui peut réellement se passer dans une vie? N'eut été, à l'aube de mon existence, de la fraternité, de l'amitié, du courage, de l'entraide et du pardon, principes que les jeunes considèrent aujourd'hui comme désuets, vous ne seriez probablement pas dans votre fauteuil, en train de me lire.

J'ai une histoire extraordinaire à vous raconter. Vous pourrez me croire ou non, mais laissez-moi vous dire que la terre que vous foulez, l'air que vous respirez, l'eau que vous buvez n'auraient pas été comme vous les avez toujours connus si, mes amis et moi, n'avions pas agi au bon moment. Seules nos valeurs nous ont sauvés. Elles vous seront également utiles et peut-être même, vous protégeront à votre tour, le moment venu.

Le soleil pénétrant les nuages déformés et recouvrant l'étang d'une lumière diffuse m'aidera à me rappeler ces souvenirs déjà lointains.

chapitre 1

David espérait qu'en courant à toute vitesse depuis chez lui, il serait à l'heure, au moins pour cette fois-ci. Mais, avant même qu'il ne soit dans l'enceinte de l'établissement qu'il fréquentait, la cloche avait déjà retenti depuis au moins trois minutes.

Le garçon courait dans le corridor de l'école. Pour une énième fois, il était en retard à l'un de ses cours. Tout en jetant des coups d'œil furtifs derrière lui pour vérifier qu'il ne se ferait pas prendre par le surveillant, il se précipita directement vers la classe où était donnée sa leçon d'histoire. En tournant un coin un peu trop sec, il accrocha une table qui n'avait pas été rangée la veille lors de la rencontre avec les parents. Il trébucha et renversa tout sur son passage, éparpillant sur le sol cartables, livres et crayons.

Il ramassa ses effets scolaires et manqua de trébucher une seconde fois. Relevant la tête, il s'aperçut que la porte de la classe était ouverte et il entendit monsieur Fraser commencer le cours.

- Bonjour tout le monde, j'espère que vous avez passé une belle fin de semaine et surtout, que vous vous êtes bien reposés, parce qu'aujourd'hui, nous aurons une période très chargée. Dans les quinze dernières minutes, vous aurez un test surprise afin de valider si vous avez tous bien absorbé la matière depuis le début de l'année. Nous sommes de retour des vacances d'été depuis plus d'un mois et j'ai l'impression que vous n'avez pas fait beaucoup de progrès, dit-il en jetant un coup d'œil interrogateur vers le fond de la classe où il venait de remarquer une chaise inoccupée.

Les élèves venaient à peine de commencer leur projet de recherche sur la Grèce antique quand David pénétra à pas feutrés dans la classe. Afin de ne pas déranger le professeur qui lisait un livre, il tenta de se faufiler à sa place.

- Encore en retard, monsieur Desjardins! s'exclama monsieur Fraser qui n'avait toujours pas levé les yeux de son livre. Et veuillez me retirer cette affreuse tuque, s'il vous plaît.

Le regard de tous les élèves de la classe se riva sur l'adolescent figé dans une situation qu'il aurait aimé éviter. Il n'en fallait pas plus pour que David soit refroidi de sa course effrénée, car monsieur Fraser était un enseignant qui appréciait que l'on soit à l'heure. La ponctualité était, pour lui, la vertu parmi les vertus.

Homme dans la quarantaine, mesurant près de deux mètres, sa stature était suffisante pour imposer son autorité. Il tenait farouchement à son titre de « Monsieur » et n'avait pas manqué, dès le début de l'année scolaire, de mentionner qu'il était extrêmement ponctuel. Il précisa qu'il attendait le même respect de ses élèves. Féru d'histoire et anthropologue à ses heures, il ne manquait aucune occasion de répéter à son auditoire qu'il connaissait toutes les excuses possibles et inimaginables que les retardataires pouvaient inventer. Personne n'aurait osé le contredire sur ce point.

Tout décoiffé, David cherchait une excuse appropriée.

- Oui, monsieur Fraser, désolé... mon... mon autobus était en retard! dit-il bêtement, sans trop y penser.

- Votre autobus avait du retard! Hum! N'habitez-vous pas près de l'école?

David resta bouche bée. « Mais comment sait-il que je ne prends pas l'autobus? », s'interrogea-t-il intérieurement.

- Sortez-moi votre devoir de votre sac à fouillis et déposez-le sur mon bureau avec ceux de vos compagnons. Ensuite, veuillez me faire le plaisir de vous installer à votre place.

- Mon devoir? Quel devoir?

- La recherche que vous deviez préparer durant la fin de semaine. Le sujet était la description d'une civilisation de votre choix, durant le Moyen-Âge. Sujet que je vous ai remis lors de notre dernier cours, monsieur Desjardins.

- On a reçu tout ça à notre dernier cours?

- À en juger par votre air ahuri, je dois en conclure que vous ne l'avez pas rédigé?

David regarda autour de lui, laissant paraître un énorme point d'interrogation sur son visage. Les épaules du professeur s'affaissèrent et, découragé, il lui ordonna de prendre le bout de papier qu'il venait à peine de griffonner.

- Monsieur Desjardins, venez chercher votre retenue, lui ordonna-t-il sèchement.

- M'avez-vous parlé?

- Oui, je vous ai dit de venir chercher votre retenue, immédiatement, s'il vous plaît!

- Ma retenue? Mais quelle retenue?

- Votre sixième retenue en un mois.

- Comment ça? J'ai une autre retenue?

- Vous aviez déjà deux devoirs non faits et deux retards! Au début de l'année, j'ai dit qu'avec trois devoirs qui ne m'étaient pas remis et trois retards consécutifs, vous auriez une retenue. Vous devriez être habitué, avec le nombre de retenues que vous avez récoltées depuis le début de l'année. Vous avez presque un abonnement! Mais de toute façon, vous ne devez pas vous en rappeler, car vous dormiez sur votre bureau lorsque je l'ai expliqué, monsieur Desjardins!

David s'avança vers le professeur en traînant les pieds. Le visage triste, il le supplia de lui donner une seconde chance.

- Allez, venez la chercher! Je n'ai pas de temps à perdre, j'ai un cours à donner et un test surprise à vous faire passer.

David se rapprocha et prit sa retenue. On pouvait entendre des rires étouffés provenant du fond de la classe. Il lui semblait qu'une tonne d'élèves se moquaient de lui.

« Encore une retenue, pensa-t-il en retournant s'asseoir à son pupitre. Je ne le dirai pas à mes parents ou ils vont encore m'étriper! Mais Norma va s'en rendre compte si j'arrive plus tard que prévu. Elle va alors me regarder avec ses yeux sombres et son air de reproche en voulant dire : " Tu as encore eu une retenue, David? " En plus, un test surprise... Décidément, c'est une autre semaine difficile qui m'attend. »

Il s'assit à sa place et se retourna vers Simon, son meilleur ami, en prenant bien soin de se cacher derrière son livre d'histoire tout bariolé. Il lui chuchota :

- Je n'ai jamais entendu parler d'un test surprise. Toi?

- C'est normal, il ne l'a dit que ce matin.

- Il aurait pu nous prévenir au dernier cours. Je me serais peut-être mieux préparé!

- Le mot le dit, « S-U-R-P-R-I-S-E », épela Simon. C'est un test surprise, David, pour nous forcer à étudier davantage. Nous sommes supposés apprendre petit à petit, pas juste quand il y a des examens de planifiés.

- Je suis sûr qu'il a dit ça, juste au début du cours, parce qu'il s'est aperçu que j'étais en retard et qu'il voulait me mettre dans le trouble!

Désespéré, il se retourna et se plongea dans ses pensées en se demandant comment il pourrait aller à sa retenue sans que personne ne le sache, surtout Norma, sa nounou. Elle était bien gentille et remplaçait à merveille ses parents, mais elle ne manquait jamais une occasion de rapporter à ces derniers tous les mauvais coups qu'il faisait. Et Dieu sait qu'il en faisait.

Pendant ce temps, les autres élèves continuaient à travailler, même s'ils avaient été quelque peu dérangés par l'arrivée de David. Tous trouvaient très drôle qu'il soit encore arrivé en retard, mais ils se remirent assez rapidement de leurs mauvaises plaisanteries.

- Simon? demanda David.
- Quoi?
- Est-ce qu'on avait un devoir en français?
- Oui, c'était sur les verbes.
- Ahhhhh! Non. Je ne l'ai pas fait. Est-ce que tu pourrais me passer le tien?

Simon, à bout d'arguments, lui remit sa feuille à contrecœur. David le remercia d'un clin d'œil.

- Nous avons aussi un test demain sur ces verbes-là, murmura Simon.
- D'accord. Ça va me laisser un peu de temps pour étudier ce soir.

Mais il savait très bien qu'il ne le ferait pas. Il préférait de loin jouer à des jeux vidéo plutôt que d'utiliser son temps à faire ses devoirs.

Monsieur Fraser demanda aux élèves de ramasser leurs effets personnels et de se préparer pour le test surprise.

- Je fais circuler les copies du test que vous devrez me remettre d'ici la fin du cours, dit-il.

N'oubliez pas d'inscrire votre prénom, votre nom de famille, votre groupe et la date d'aujourd'hui, s'il vous plaît. Messieurs Desjardins et Dufour, arrêtez de parler immédiatement, sinon je vous colle un zéro pour le test et une retenue en supplément. Une autre en ce qui vous concerne, monsieur Desjardins.

David se retourna en même temps qu'il reçut sa feuille et commença par écrire son nom. C'était un test pour vérifier les connaissances des élèves sur les origines de la ville de Terrebonne. La première question était : « Comment se nomme notre grande ville et pourquoi s'appelle-t-elle ainsi? »

« Facile! Elle s'appelle Terrebonne parce que la terre est bonne! Bravo, David. Tu n'as même pas étudié et tu as été capable de répondre à la première question! Continue comme ça! », pensa-t-il. Selon lui, l'examen commençait plutôt bien, pour quelqu'un qui n'avait pas étudié.

Plusieurs minutes passèrent et il n'avait répondu qu'à la première question. Tranquillement, les élèves qui avaient terminé commencèrent à ranger leur matériel. Il ne restait plus beaucoup de temps et David, stressé, se rongeait les ongles. Presque tout le monde était prêt à partir, sauf lui. Il ne cessait de regarder l'horloge quand soudain, le professeur annonça que le temps était écoulé.

- Heu! Est-ce que je peux avoir quelques minutes de plus, juste afin de répondre à ma dernière question? demanda l'adolescent.

- Non, trancha l'enseignant, vous en aviez assez pour compléter toutes les questions. Je vous ai observé et je dois en conclure que vous n'avez pas travaillé très fort. Je soupçonne même que vous n'avez pas répondu correctement à une seule des questions.

Soudain, la cloche retentit dans le corridor.

- Remettez-moi vos examens et vous pourrez sortir, ordonna monsieur Fraser.

David attendit que tous ses compagnons de classe soient sortis. Il lui donna sa feuille et s'effondra sur son bureau en pleurant. Un retard, un devoir non fait, une retenue et un test surprise non complété! La journée commençait très mal!

- OUAHOIN! bafouilla-t-il en s'agenouillant devant le professeur et en tirant sur son pantalon.

- Qu'avez-vous dit? Je ne comprends pas.

- OUAHOIN! pleurnichait l'élève de plus belle.

- Allons, monsieur Desjardins, un peu de retenue.

- Décidément, vous n'avez que ce mot à la bouche. Savez-vous que vous venez de vous rendre complice d'un meurtre?

- D'un meurtre? questionna monsieur Fraser.

- Oui, d'un meurtre, parce que mon père va m'étrangler si je ne rentre pas tout de suite après l'école. Je dois me rendre à mes cours de gymnastique, car vous devez savoir, monsieur Fraser, que je suis une étoile montante de notre belle ville, essaya-t-il pour l'amadouer.

- Vraiment, vous ne manquez pas d'imagination. Vous devriez vous inscrire en art dramatique, vous seriez excellent, mais pour l'instant, vous ne faites que m'énerver.

En se levant subitement, il poussa le garçon qui était un peu trop près de lui. Il pointa froidement la porte.

- Sortez. Cela suffit pour aujourd'hui.

C'est dans ces instants qu'on pouvait admirer toute la prestance de cet homme gigantesque. David, garçon petit, un peu grassouillet mais costaud, offrait un contraste certain avec monsieur Fraser.

Marc-Alexandre, qui avait assisté à la scène en attendant son frère cadet à l'extérieur de la classe, fut humilié par l'attitude de ce dernier. David sortit d'un pas rapide et ne le vit même pas.

- Qu'est-ce qui se passe? demanda Marc-Alexandre.

David sursauta au son de la voix de son frère. Il lui expliqua ce qui s'était passé. Marc-Alexandre le regarda et hocha la tête en signe de découragement.

- Tu n'as pas encore une retenue? Dis-moi que c'est une blague, David, dis-le moi!

- Non, ce n'est pas une blague, c'est la vérité, dit-il avec une mine déconfite.

Un silence inconfortable s'installa entre eux jusqu'au casier de David où Marc-Alexandre décida de briser le mutisme de son jeune frère.

- Je ne comprends pas que tu sois arrivé en retard ce matin. Tu étais déjà prêt à partir quand j'ai quitté la maison.

- J'avais oublié un objet important sur l'armoire et j'ai été trop lent pour le retrouver et... AH! Pis à part de ça, ce ne sont pas tes affaires, après tout. Tu ne peux pas comprendre.

- Quelle excuse as-tu donnée à Fraser?

- Je lui ai dit que mon autobus était arrivé en retard.

- Et il t'a cru? Quand nos parents nous ont inscrits à l'école, ils ont fait croire à la directrice que nous avions une maison dans le quartier. Nous sommes supposés habiter à trois pâtés de maisons, si tu t'en souviens bien. Je te rappelle qu'il m'a déjà eu dans sa classe et que je ne suis jamais arrivé en retard, moi. Et veux-tu arranger ta postiche qui couvre ton oreille. On dirait que tu es blessé. Si un professeur te voit ainsi, il pourrait t'emmener à l'infirmerie et ça ferait toute une histoire. Je ne veux surtout pas être là quand l'infirmière va tomber dans les pommes en apercevant ton oreille palmée.

- Tant pis pour elle. Je déteste ce monde. Pourquoi père veut-il absolument que l'on fasse des études ici? Faut-il qu'en plus de se cacher sous des morceaux de caouthouc ridicules, nous soyons obligés de modifier nos noms? Dagathan, c'est beaucoup mieux que David. Ne trouves-tu pas, Martagol, *mo dhearthàir*?

- Arrête tout de suite. Ne m'appelle pas comme ça à l'extérieur de la maison. On ne peut pas utiliser nos vrais noms. Père insiste pour que nous soyons discrets, mon frère.

- Mais pourquoi étudier ici?

- Il le faut. Père dit que ça nous permettra de mieux comprendre les forces de notre univers.

- On aurait pu apprendre dans notre château avec nos maîtres, chuchota le plus jeune en baissant les yeux.

- Pour bien comprendre les gens, il faut manger, boire et vivre comme eux. En restant dans notre château, à lire des livres et se faire raconter des histoires par nos tuteurs, il nous aurait manqué l'essentiel.

- Quoi?

- Les émotions. On peut les imaginer, mais si on veut vraiment les ressentir, il faut les vivre pleinement.

- Mais pourquoi venir à l'école? Norma pourrait nous enseigner *i dtaisce sa teach*.

- À l'abri dans notre maison? Notre nounou est bien dévouée, mais elle n'a pas du tout le profil d'une enseignante. Au lieu de te lamenter toujours sur ton sort, tu devrais t'estimer chanceux d'avoir la possibilité de t'instruire sur place en côtoyant les gens de ce monde. Nous sommes très peu à avoir le privilège de voyager ainsi.

- Je sais, mais... Il me semble que j'en sais suffisamment pour m'en retourner au château, reprit le benjamin, la tête baissée et l'air triste.

Il porta la main à son torse et caressa une petite bosse à travers son gilet qui semblait être un pendentif.

- Allez, n'y pense plus. Tu verras, ça passe très vite, reprit l'aîné en lui donnant une tape sur l'épaule. Et n'oublie pas, il faut avoir des comportements normaux. Surtout pas d'extravagances. Parler gaélique dans un endroit où cette langue n'est pas d'usage, ce n'est pas très discret.

David hocha la tête et fit signe à son frère de partir. Il ne voulait pas être encore en retard au cours suivant, celui de français.

chapicre 2

En y mettant l'effort nécessaire, David parvint en classe à l'heure. Un peu trop juste, mais à temps. Il en était très soulagé. En plus, il eut suffisamment de temps pour terminer son devoir. Bon, il avait un peu copié sur celui de Simon, mais c'était un détail.

Le cours commença par une nouvelle inattendue lorsque madame Carrier fit un marché avec ses élèves. Elle leur proposa d'écrire l'examen de verbes le jour-même plutôt que le lendemain. En échange, au prochain cours, ils pourraient mettre au point leur spectacle d'Halloween ou bien faire un peu de lecture pour ceux et celles qui étaient convenablement préparés. Ses élèves adoraient lire. Elle était convaincue qu'ils accepteraient cette proposition.

Tous en chœur, ils répondirent qu'ils désiraient se débarrasser du test d'abord. Seul David voulait le reporter au lendemain, car il n'était vraiment pas préparé pour y faire face, surtout qu'il venait de passer une heure interminable au cours d'histoire. Il fut découragé d'entendre le choix des élèves.

- Alors, comme tout le monde semble du même avis, je vous donnerai votre examen aujourd'hui, et demain, vous pourrez faire de la lecture. Pour les élèves qui auront terminé avant la fin de la période, vous pourrez lire, mais surtout, en silence. Pas de tricherie, car je sanctionnerai sévèrement.

David savait très bien qu'il allait échouer. Son père se mettrait dans une telle colère qu'il n'osait même pas l'imaginer. Ce serait pénible.

Le test tomba lourdement sur son bureau. Il le regarda attentivement et, à sa grande surprise, il n'y avait qu'une page. Un sourire en coin se dessina sur ses lèvres. Il commença son test avec excitation et termina en un temps record. Lui-même n'en revenait pas. Il était certain qu'il aurait une bonne note étant donné la facilité des questions posées.

De retour à son pupitre, après avoir remis son examen sur le bureau du professeur, il bascula la tête en arrière. Quelques instants de réflexion suffirent pour qu'il devint, malgré lui, sceptique. Madame Carrier aurait pu y avoir glissé quelques pièges comme le faisaient souvent les autres professeurs. Les avait-il découverts? Avait-il bien lu les questions minutieusement, comme le lui conseillait toujours Norma? Une bouffée de chaleur commença à l'envahir. Ses tempes se serrèrent.

- David, chuchota madame Carrier, viens ici s'il te plaît.

« Ça y est, j'ai échoué. Pourtant, j'étais certain que j'avais bien répondu », se dit-il intérieurement en avançant nonchalamment vers le bureau du professeur. Il était stressé d'apprendre qu'il aurait une mauvaise note, mais il ne voulait surtout pas le laisser paraître.

Madame Carrier avait eu le temps de corriger son examen et désirait lui remettre sa note. Il fut aussi étonné qu'elle en la recevant. Pour la première fois depuis le début du secondaire, David avait obtenu 85%. Son visage s'illumina comme une chandelle. Il regarda son enseignante et soudainement, se convainquit qu'il pouvait y avoir une erreur. Une grave erreur.

- Est-ce bien ma note? dit-il avec méfiance. Je pense que vous n'avez pas très bien corrigé. D'habitude, je ne réussis même pas à atteindre la note de passage.

- Oui, je crois bien que c'est la tienne, David! D'ailleurs, tu es le seul à avoir terminé jusqu'à présent, fit son professeur, étonnée. Félicitations, tu es sur la bonne voie. Tu peux retourner à ta place.

Il était tellement heureux que plus rien ne pouvait lui faire perdre sa bonne humeur. Impatient, il avait hâte d'annoncer cette bonne nouvelle à son frère et sa nounou. Finalement, la cloche annonça la fin du cours. Il ramassa ses cahiers en vitesse et sortit de la classe avec un tel empressement qu'il bouscula ses compagnons.

David se faufila parmi les élèves avant d'arriver à son casier. Il poussa son ami qui était en train de prendre ses cahiers, échangea les siens pour son prochain cours et repartit, toujours en courant. En deux temps trois mouvements, il arriva à la cafétéria où son frère discutait avec ses amis. Très excité, il s'assit près de lui et reprit son souffle.

- Calme-toi, David! Qu'est-ce qui t'arrive pour être aussi essoufflé? lui demanda Marc-Alexandre.

- Devine combien j'ai eu à mon examen de verbes?

- À voir ton visage, je ne pense pas que tu l'as échoué? Heu... 60%?

- Non, plus haut!

Son frère lui donna des chiffres au hasard, mais il n'arrivait toujours pas à sa note réelle.

- J'AI EU 85%! TU TE RENDS COMPTE!! 85%!

Les yeux de Marc-Alexandre s'agrandirent et devinrent aussi ronds que des pièces de deux dollars. Il n'en revenait tout simplement pas. Son frère avait enfin obtenu une bonne note.

- Ce n'est pas vrai? Tu as eu cette note-là à ton examen? Toi, David Desjardins qui, d'habitude, passe sur la peau des fesses? Tu as triché. Avoue que tu as copié sur la feuille d'un autre élève.

- Je te jure que non! s'offusqua David.

- Dans ce cas, félicitations, petit frère.

Un sourire se dessina sur le visage de l'aîné qui prit son frère dans ses bras et le serra très fort.

Celui-ci, par contre, se débattait vigoureusement. Il ne voulait pas que les gens voient toute cette tendresse qui lui était destinée. Son image de garçon cool, qu'il voulait à tout prix préserver, en serait grandement compromise. Marc-Alexandre, quant à lui, se souciait peu des racontars. Ce que pensaient les autres ne l'intéressait guère et il s'en fichait éperdument. C'était son petit frère et il était fier que celui-ci ait enfin un bon résultat.

- Lâche-moi, espèce de sangsue! cria David, les dents serrées et en se débattant. Tout le monde nous regarde!

David essayait de se détacher de Marc-Alexandre mais n'y arrivait toujours pas, car celui-ci était beaucoup plus grand et surtout, plus fort que lui. En fait, on n'aurait jamais cru qu'ils étaient frères. Ils étaient tellement différents.

Élève brillant, Marc-Alexandre était grand et avait une carrure athlétique. Non seulement il aimait beaucoup les sports, mais il excellait dans chacun d'eux. Ses cheveux d'un noir d'ébène étaient aussi longs que ceux de David. Il avait de grands yeux, d'un vert clair inoubliable, qui faisaient de lui une attraction pour la gent féminine. Tandis que David, petit, costaud, cheveux châtain clair tombant sur les épaules et aux yeux bleus, n'était pas très bon à l'école. En fait, il était plutôt médiocre, car il était un grand adepte des jeux de pouces. La seule similitude entre les deux frères était qu'ils portaient le même genre de vêtements amples.

- Bon, bon, petit frère, je vais te laisser tranquille, mais ne te précipite plus dans les corridors comme tu le fais si souvent. Tu vas encore te faire mal, cria-t-il à David qui avait déjà pris la poudre d'escampette.

N'en faisant qu'à sa tête, David se remit à courir de tous côtés, se frayant un chemin entre les élèves. Plusieurs d'entre eux l'évitèrent de justesse en proférant des injures. Sans le savoir, il se dirigeait tête baissée vers le plus gros problème de l'établissement scolaire : madame Frappier, la directrice de l'école secondaire Alfred-Filiatreault.

L'inévitable se produisit. Ne regardant pas où il se dirigeait, il frappa de plein fouet la dame au tour de taille impressionnant. Elle s'effondra sur le carrelage, les bottines en l'air. Les témoins lâchèrent un « OOOUH! » de stupéfaction. Le garçon commença à frémir de terreur, et pour cause. Sa petite taille, son visage rondelet, ses yeux pétillants et vifs qu'on pouvait voir à travers ses larges lunettes noires lui donnant un air démoniaque, madame Frappier faisait peur par son autorité légendaire. Ancienne sœur défroquée depuis les années de la révolution tranquille et directrice de l'école depuis toujours, elle dirigeait l'établissement scolaire avec une main de fer. Nul ne connaissait véritablement son passé ni d'où elle venait. Même le doyen des professeurs, monsieur Raymond, ne savait que très peu de choses sur le parcours de cette directrice aux règles strictes, à part qu'elle était déjà à son poste lorsqu'il vint enseigner à l'école Alfred-Filiatreault dans les années soixante. Plusieurs pensaient même que madame Frappier avait été construite à même l'école, mais bien sûr, ce n'était que des racontars.

- MONSIEUR DES-JAR-DINS, grommela l'ogresse, insultée. Veuillez vous diriger SA-GE-MENT vers mon bureau et attendre que je vous y retrouve, cracha l'immonde.

En s'acheminant discrètement parmi les rires cyniques des élèves présents, le pauvre garçon marcha vers son triste sort. La journée continuait comme elle avait commencé : désastreuse. Les joies ne pouvaient lui être permises. Pendant un très court laps de temps, il pensa même s'enfuir le plus loin possible afin d'éviter d'être grondé. Mais il se ravisa en pensant qu'il valait mieux faire face à une colère immédiate plutôt que d'être torturé plus tard.

Il pénétra dans l'antre de la bête et s'assit sur une vieille chaise de bois en regardant autour de lui. Les murs blancs étaient tapissés de messages sans équivoque démontrant la sévérité de la maîtresse des lieux. Certaines maximes comme : « Si vous ne faites pas partie de la solution, c'est que vous faites partie du problème » allaient jusqu'à donner froid dans le dos. Mais la pire était, sans aucun doute : « Je suis de bonne humeur lorsque je ne porte pas mon sarrau blanc ». Et Dieu seul sait que jamais personne n'avait eu l'occasion de la voir sans son sarrau qu'elle portait certainement par nostalgie des robes d'autrefois, lorsqu'elle était religieuse. Ces inscriptions étaient à la vue de toutes les personnes qui avaient eu le malheur de se retrouver dans cet effroyable bureau. L'ambiance était lourde, sans âme et sans vie. Une visite au cimetière aurait été plus joyeuse.

Tranquillement, une atmosphère particulière, à l'odeur rance, pénétra dans la pièce. David ne le remarqua pas tout de suite. Doucement, ses paupières commencèrent à devenir lourdes et sa tête bascula légèrement vers l'avant. Lentement, il s'assoupit.

La tempête battait son plein alors qu'à l'orée de la forêt, dans la clairière verdoyante, des fermes brûlaient dans un incendie. Deux hommes coiffés de casques à cornes chevauchant leurs sombres destriers se dirigèrent vers une jeune fille. Vêtue d'une robe de feuillage, elle tentait de s'enfuir en hurlant des cris de détresse.

- Non, ne faites pas ça! Vous n'avez pas le droit!

Les deux hommes réussirent à la rejoindre sans trop d'efforts. Un des deux cavaliers descendit de sa monture et agrippa sauvagement la pauvre fille qui essaya de se libérer de son agresseur. Les feuilles qui la recouvraient changeaient sans cesse de couleur au gré de ses émotions. Le blanc exprimait sa peur.

- Vas-tu nous répondre? Où est-il? cria l'homme en la giflant violemment.

- Jamais, vous ne le saurez, jamais! Vous serez tous punis. Je vous maudis, salauds, ignobles barbares, sauvages! Vous êtes des êtres indignes!

- Dis-nous où il se trouve, paysanne! siffla la brute en assénant un coup de poing au visage de la jeune fille.

David sursauta. Il était en sueur et avait de la difficulté à respirer. Il entendit un grincement de porte derrière lui qui le fit se recroqueviller sur lui-même. Il n'osa pas se retourner. Médusé, il avait peur de se retrouver coincé entre les deux brutes. Il baissa la tête et attendit patiemment, avec effroi, qu'on l'interpelle.

- Alors, monsieur Desjardins, nous nous retrouvons encore une fois dans mon humble demeure. Comment se fait-il que votre frère soit si aimable ? On ne dirait pas que vous venez de la même famille. Que voulez-vous, il y a parfois des ratés, n'est-ce pas, monsieur Desjardins ? proféra l'abjecte en se laissant tomber sur sa chaise.

Essuyant quelques gouttes de sueur froide, David fut partiellement soulagé de se retrouver dans le bureau de la directrice et n'osa pas relever l'affront. Encore sous le choc de son rêve, il était décidé à ne pas étirer le supplice, mais l'immonde n'était pas de cet avis.

- JE VOUS AI POSÉ UNE QUESTION, MONSIEUR DESJARDINS! VRAI OU FAUX, Y A-T-IL PARFOIS DES RATÉS ? cria la tortionnaire en postillonnant au visage de l'adolescent.

Il prit son courage à deux mains et répondit que malheureusement, il y en avait. Il était très humilié de se faire insulter de la sorte, mais il ne se détourna pas de son objectif, celui de sortir le plus tôt possible de cet enfer, car il en était certain, le diable se tenait devant lui.

- Bon, étant donné que nous sommes sur la même longueur d'onde, vous pourrez comprendre que depuis le jour où vous vous êtes présenté dans cet établissement, je n'ai guère eu de bons commentaires en ce qui vous concerne. Vous n'arrêtez pas de vous ramasser en retenue. Oui, monsieur Desjardins, ramasser comme de vieilles chaussettes que l'on jette aux ordures. Peut-être en sommes-nous rendus comme ces chaussettes, à devoir vous mettre au rebut ?

David bondit de sa chaise et se projeta sur le bureau de la directrice, tel un fier soldat accusé à tort devant un tribunal de guerre.

- Non, madame Frappier, vous ne pouvez pas me faire ça!

- Si, monsieur Desjardins, je le peux et je vous jetterais hors de mon école si votre frère ne valait pas son pesant d'or. Comprenez-moi bien, si ce n'était de l'excellent dossier de votre frère et des généreuses subventions gouvernementales qu'il nous procure, en plus de la sympathie que je lui témoigne, bien sûr, vous seriez déjà hors de ces murs.

- Oui, madame.

- Oui, madame QUI? proféra la répugnante.

- Oui, madame Frappier.

- Bien, je vois que nous nous comprenons, maintenant. Je vous donne une dernière chance, gamin. Si vous ne la saisissez pas, tant pis pour vous. Sortez! Je ne veux plus vous revoir d'ici la remise de votre diplôme, dans quatre ans!

- Oui, madame Frappier.

David n'en demanda pas plus. Il se releva et se dirigea directement vers la porte.

- Monsieur Desjardins !

- Oui, madame Frappier.

- Votre cours est commencé. Vous n'avez pas de billet de retard en votre possession. Tenez et surtout, que ce soit le dernier. Et disparaissez CAL-ME-MENT.

- Merci, madame Frappier, dit-il en reculant vers la porte, un peu dépeigné par le dernier cri de la furie.

Une fois hors du terrier de la louve, il s'en retourna paisiblement vers son cours de mathématiques, en pensant qu'il l'avait échappé belle. Que se serait-il passé s'il avait été suspendu? Non seulement il aurait eu droit aux cris et aux pleurs de Norma, mais en plus, il aurait fallu le dire à ses parents. Son père l'aurait sévèrement puni.

Heureusement qu'il avait un frère comme Marc-Alexandre, à moins qu'il ne soit une charge? Il n'en était plus très sûr. Avoir un frère avec autant de talent et en avoir si peu soi-même, cela pouvait lui causer quelques maux de tête. Mais il aimait beaucoup Marc-Alexandre qui, à son tour, le lui rendait fort bien. Personne ne pouvait briser leur amour fraternel et surtout pas madame Frappier.

- Quelle femme désagréable, se disait-il. Elle est plus petite que moi et elle réussit à me faire peur comme à un poupon. Elle est tellement sévère. On dirait qu'elle m'a choisi pour être son souffre-douleur. Elle ne doit pas être heureuse, ça, c'est sûr. En plus, elle ne sent pas très bon. Il me semble qu'elle a mangé de l'ail. Pour le petit déjeuner? Avec quoi a-t-elle mangé de l'ail? se questionna-t-il en se grattant la tête. Pour moi, elle fait exprès pour empester et avoir l'air répugnant. Ça doit faire plus terrible quand elle parle. Les gens doivent l'approuver plus rapidement afin de pouvoir sortir de son bureau au plus vite.

Lorsqu'il fut seul, il replongea dans ses pensées et se remémora les images imprégnées par son rêve. Que s'était-il passé dans ce bureau? Cette odeur, puis cette jeune femme poursuivie par ces deux cavaliers qui voulaient lui faire dire la cachette d'un objet, ou bien d'une personne. Il ne savait trop. La certitude qu'avait David était que ça lui était cher, très cher. Il avait hâte d'en parler à Marc-Alexandre. Peut-être en saurait-il plus long que lui?

David ne s'était pas aperçu qu'il s'était appuyé à un mur pour mieux réfléchir.

- DAVID! hurla l'ignoble. Qu'est-ce que je vous ai dit ? cria la directrice, la tête hors de son bureau.

- Oui, madame Frappier, j'y vais tout de suite, dit-il en espérant qu'elle ne l'avait pas entendu penser tout haut.

chapitre 3

L'avant-midi se termina sans trop d'anicroches. L'esprit de David errait entre les explications du professeur d'histoire, les réprimandes de la directrice et ce rêve très court qui l'avait subjugué. Dans quelques minutes, il pourrait en parler à son frère qui l'éclairerait peut-être sur sa signification. Sinon, il prévoyait en discuter avec Norma, en soirée.

Une fois la cloche sonnée, la majorité des élèves rangèrent leurs affaires dans leur sac à dos et se dirigèrent vers la cafétéria pour le dîner. David fit de même en suivant le groupe. S'empêchant de courir à nouveau, il accéléra le pas malgré tout afin de parler le plus tôt possible à Marc-Alexandre. Lorsqu'il le vit assis avec ses compagnons, la tête plongée dans ses livres, David se précipita vers lui et prit ses aises juste à ses côtés.

- Marc-Alexandre, tu ne devineras jamais ce qui m'est arrivé ce matin?

- Laisse-moi deviner. Tu es arrivé en retard à l'école... Tu as donné une excuse stupide à ton professeur d'histoire... Tu t'es fait coller une retenue pour ce même retard ainsi que pour ton devoir que tu n'as pas fait et, pour finir le tableau, tu as bousculé la directrice?

- Je tiens à te mentionner que j'ai obtenu également 85% à mon examen de français, monsieur qui sait tout.

- AH! J'oubliais. Ta seule et unique bonne note depuis que tu es ici. Allez, laisse-moi, j'ai une présentation à finaliser avec Zacharie et Mathieu.

L'aîné se replongea dans ses livres.

- Marc-Alexandre, il faut absolument que je te parle. J'ai des choses à te dire qui ne peuvent pas attendre.

Il jeta un coup d'œil vers les deux amis de son frère qui l'observaient, perplexes. Il s'approcha plus près de son aîné et lui chuchota à l'oreille :

- Quand j'étais dans le bureau de madame Frappier, j'ai fait…

- Arrête, je ne veux pas t'entendre, David. J'ai un travail à finir. Va manger avec tes amis. Tu me conteras tout ça ce soir, si tu n'arrives pas trop tard après ta retenue, bien sûr, reprit l'aîné qui n'avait toujours pas levé les yeux de ses livres.

- AH! AH! AH! dit-il très fort pour attirer l'attention de Marc-Alexandre. Je te remercie, frangin. Tu es là quand ça va bien pour admirer mes bons coups, mais quand ça va mal, alors là, tu n'es plus là pour moi, hein?

Marc-Alexandre commença à s'énerver, et pour cause. David avait le don de le faire sortir de ses gonds. Il savait très bien s'y prendre pour l'horripiler. Il se leva d'un bond, empoigna son benjamin par les épaules et le secoua si vivement qu'il finit par ressembler à une poupée de chiffon.

Soudain, embarrassé, le visage d'un rouge écarlate, Marc-Alexandre relâcha son petit frère qui s'écroula sur le sol, quelque peu étourdi d'avoir été ballotté si vigoureusement. Se relevant avec peine et misère en s'agrippant à une table, David regarda son frère qui fixait l'horizon, les yeux remplis d'espoir. Et l'horizon portait le nom de Sarah.

David se doutait bien de ce qui se passait, mais pour en être certain, il se retourna et vit la déesse de l'école.

Sarah était la fille dont Marc-Alexandre était secrètement amoureux. Petite brunette aux longs cheveux bouclés qui tombaient à peine au-dessus des reins, les yeux d'un bleu pétillant et une allure désinvolte, elle avait tout ce qu'il fallait pour que Marc-Alexandre, et bien d'autres, en tombent amoureux.

Lorsqu'elle entra dans la salle avec ses trois complices de tous les jours, Marc-Alexandre se souvint de la première fois où il l'avait aperçue à l'entrée de sa nouvelle école. Ne connaissant personne, il attendait patiemment, appuyé sur un mur de briques, son premier jour de classe. Il était arrivé un des premiers dans la cour. Absorbé dans ses pensées, il la vit se diriger en balançant ses hanches vers la porte centrale, accompagnée de ses amies. Ses cheveux foncés brillaient au soleil. Lorsque leurs regards se croisèrent, les jambes du nouvel arrivé fléchirent. Dès cet instant, il sentit une légère douleur dans sa poitrine. Atteint par la flèche de Cupidon, il vécut le coup de foudre dès la rentrée.

Il y avait maintenant quatre ans qu'il souffrait bêtement en silence, car il n'avait jamais eu le courage de lui avouer ses véritables sentiments. Même si, depuis ce jour sacré, il la côtoyait régulièrement dans ses cours.

Dans la cafétéria, Sarah s'arrêta et scruta les alentours à la recherche de quelque chose ou de quelqu'un. Elle remarqua quelques copines et les salua d'un petit geste de la main. Puis elle vit Marc-Alexandre. L'air exalté, elle s'empressa de le rejoindre, suivie de ses copines qui ne la lâchaient pas d'une semelle.

- Bonjour, Marc-Alexandre, soupira la jeune fille.

Le jeune homme poussa David et se glissa devant Sarah qui lui faisait un grand sourire de ses belles dents blanches.

- Bon… Bon… jour, Sarah, bégaya-t-il.

David, à côté de lui, l'imitait exagérément. Il reçut un coup de coude dans les côtes qui le fit toussoter.

- As-tu quelques instants? J'aimerais te parler du travail de recherche en chimie que nous devons remettre demain. Mes camarades et moi avons quelques obligations pour l'école ce soir et nous n'avons pas eu le temps de le terminer. Tu comprends, nous sommes tellement en demande pour toutes sortes de spectacles de danse que nous ne pouvons pas être partout à la fois. Il faudrait se séparer en quatre... Enfin, je ne veux pas t'embêter avec ces peccadilles. Néanmoins, je me demandais si, comme à l'habitude, tu serais assez gentil pour jeter un petit coup d'œil sur notre brouillon? roucoula la belle en prenant soin de replacer le chandail de Marc-Alexandre.

- Bien sûr, Sarah. Tes travaux, même s'ils ont besoin de certains petits ajustements, que je qualifierais de simples bonifications, sont toujours très bien. Il me fera un très grand plaisir de jeter un coup d'œil sur votre travail et je me ferai un devoir de te le remettre demain sans faute, s'exprima l'adolescent envoûté avec un léger accent pointu.

David s'en moqua assurément et reçut un autre coup en plein ventre qui le fit toussoter de nouveau.

- Je tiens à te remercier, mon cher Marc-Alexandre, précisa-t-elle avec son ton mielleux. Tu es le plus aimable des garçons que je connais. Toi, au moins, tu sais t'y prendre avec les filles. Ce n'est pas comme certains, dit-elle en fronçant les sourcils du côté de David, qu'elle n'aimait guère. Donc, nous disons demain. Bye, bye! Venez les filles, on s'en va.

Elle tourna alors les talons et partit avec ses complices en laissant Marc-Alexandre troublé par sa très grande beauté.

- Ciao, lança-t-elle.

- Ciao, lança Marc-Alexandre.

- Ciao, ciao, jeta David en secouant les hanches et en regardant au ciel.

- Ah! Cesse tes idioties, David. Tu vois bien que tu ne fais rire personne.

Les amis de Marc-Alexandre n'étaient pas de cet avis. Au contraire, ils étaient tous les deux morts de rire.

- Bon, maintenant laisse-nous, j'ai le devoir de Sarah à fignoler.

- C'est ça, quand c'est elle qui arrive dans les parages, tu la laisses faire tout ce qu'elle désire, mais moi, j'ai le droit de ne rien dire ni de rien faire. Je pourrais te faire honte, tu sais?

- Exact! Et tu le fais très bien en ce moment et surtout, très souvent. Maintenant, va rejoindre tes amis, nous avons du travail.

- Tu aimerais ça, que je m'en aille, hein? Mais je ne te ferai pas ce plaisir. Qu'est-ce que tu vas me faire si je ne m'en vais pas? Je te ferais remarquer, mon cher frère, que cette fille-là te fait royalement marcher.

- Me faire marcher? Non, mais tu délires, David! Sarah ne ferait jamais ça. Je crois plutôt qu'il y a un petit quelque chose qui se dessine entre nous deux et qu'elle ne veut pas se l'avouer. Elle a peur de la réaction des autres.

Elle n'a pas encore apprivoisé ses sentiments envers moi.

- Si je peux me le permettre, lâcha Zacharie, ton frère a raison, Marc-Alexandre. Cette fille n'est pas pour toi. Tout ce qu'elle désire, c'est que tu fasses ses devoirs tranquillement comme un bon petit toutou pour qu'elle puisse aller magasiner avec ses amies.

Marc-Alexandre, surpris par les paroles de son ami, se retourna et fronça les sourcils en signe de mécontentement. David, par contre, était fier de ne pas être le seul à ressentir de mauvaises impressions concernant Sarah.

- Tu vois, je ne suis pas le seul à constater que Sarah est une fille qui te manipule et toi, tout ce que tu fais, c'est de répondre à tous ses petits caprices.

- Je suis tout à fait d'accord avec ce que ton frère et Zacharie te disent, Marc-Alexandre, ajouta Mathieu. Il y a d'autres belles filles dans l'école. Ce n'est pas la seule. C'est vrai qu'elle est très jolie, mais pour ce qui est de la gentillesse, elle n'y était pas lorsqu'elle a été distribuée, poursuivit-il.

- C'est ça, mettez-vous tous contre moi! Si c'est ce que vous pensez d'elle, alors je m'en vais et vous n'entendrez plus jamais parler de moi!

- Arrête tes menaces, Marc-Alexandre, ça serait trop beau, reprit David.

- Ahhh!!! Tais-toi, bon sang!

- C'est à moi que tu parles, Marc-Alexandre? demanda David. C'est à moi que tu parles? Tu es aveugle, mon cher frère. Elle t'hypnotise. D'ailleurs, je suis certain que tu n'as jamais remarqué l'affreuse bosse qu'elle a sur le nez. Pourtant, c'est juste ça qu'elle a dans le visage, un gros nez.

- Chaque fois que tu en as l'occasion, tu trouves le moyen de lui trouver un défaut. Si moi je la trouve charmante, sa bosse sur le nez, ce sont mes affaires. Tu n'est pas parfait, toi non plus. Tu devrais te regarder avant de parler des autres. Tu n'arrêtes jamais de la dénigrer depuis que tu es arrivé ici! Et je ne dis pas depuis que tu es dans la cafétéria, non, mais plutôt depuis que tu es arrivé dans cette école. Je ne sais pas ce qu'elle t'a fait, mais je te conseille d'arrêter de m'agacer avec tes commentaires désobligeants.

Frustré, David frappa son frère sur l'épaule.

Agacé par l'attitude de son jeune frère, Marc-Alexandre agrippa celui-ci par le cou d'une seule main et le serra légèrement. David, feignant de ne plus respirer pour épater la galerie, tenta de se libérer tant bien que mal. Sur le visage de Marc-Alexandre se dessinaient des rides de colère. Visiblement irrité des pitreries du cadet, il resserra son emprise sur lui. Zacharie et Mathieu essayèrent péniblement de les séparer, mais sans succès. L'aîné était beaucoup trop puissant pour eux.

Marc-Alexandre réalisa soudainement ce qu'il faisait et relâcha David sous le regard inquiet des élèves. Un lourd silence s'abattit sur la cafétéria.

Très étourdi, David tenta de reprendre son souffle en prenant de grandes respirations tout en se massant le cou. Il se sentit très blessé. Pas seulement physiquement, mais dans le plus profond de son âme. Quelle insulte venait de lui infliger son propre sang devant cette multitude d'inconnus! En jetant un regard assassin à son grand frère, il reprit son sac à dos et se dirigea vers Simon qui observait la scène depuis le fond de la salle. Il s'assit brusquement et, d'un geste vif, lança ses affaires sur la table.

- Tu parles d'un grand frère! Il était en train de m'étrangler devant tout le monde. Il est fou, celui-là, cria-t-il en direction de Marc-Alexandre qui le regardait froidement. Tu parles d'un idiot sans cervelle, sans génie, brutal...

- Ça va, David, j'ai compris l'idée générale. Tu es un peu fâché contre ton frère, mais ça va passer, comme d'habitude, dit Simon qui regardait par-dessus ses lunettes rondes.

- Un peu fâché, un peu fâché? Non, mais tu te rends compte, il a voulu m'égorger!

- Étrangler!

- Quoi? demanda David.

- J'ai dit « étrangler ». Marc-Alexandre a voulu t'étrangler, et non pas t'égorger. Pour t'égorger, il t'aurait coupé la gorge avec un couteau. Et je ne crois pas que c'était les intentions de ton frère, David.

- En tout cas, je n'aurais pas manqué de témoins. La cafétéria est pleine de monde. Regarde ce qu'il m'a fait, dit-il en pointant son cou. Entends-tu ma voix? Elle est comme rouillée. Il a dû me briser le pharynx.

Simon l'examina tout en lui mentionnant qu'il se plaignait pour rien. Selon lui, il l'avait mérité. Son frère aurait pu lui serrer le cou un peu plus fort, quant à lui. D'autant plus qu'il ne voyait aucune marque sur sa peau. Marc-Alexandre n'avait pas serré autant que David le prétendait.

- Bravo et merci beaucoup pour ton support moral. Tu apprendras que même les amis de mon cher frère ont été de mon côté, cette fois-ci.

- C'est bien vrai, mais c'est parce qu'ils ne voulaient pas être témoins de ton assassinat.

- AH! Mange ton lunch au lieu de vouloir toujours me contredire!

David ouvrit son sac à dos et en sortit son repas. Ces événements lui avaient ouvert l'appétit. Bien qu'il fut désolé que tout le monde ait vu cette scène, il appréciait se chamailler avec son frère. Un sourire de satisfaction sur les lèvres, il ressentit une petite jouissance intérieure d'avoir encore une fois réussi à mettre en colère Marc-Alexandre.

- Comment fais-tu pour manger tout ça juste au dîner? demanda son ami qui fixait la multitude de plats déposés sur la table. Je ne connais pas la personne qui fait ton lunch, mais il semble qu'elle ne soit pas très consciente des méfaits d'une alimentation beaucoup trop généreuse.

- Bah! Ch'oi, ch'u n'en manges pas achez. Ch'es chrop maigre, dit l'adolescent la bouche pleine.

- Ne parle pas en mangeant. Tu craches dans mon assiette. Ah! Peux-tu avoir d'autres choses à manger que du poisson? Tu empestes toute la cafétéria.

- Bon! En pluch, chu voudrais que je mange des petits chandwichs pas d'croûte.

- Ferme-la, David, tu me lèves le cœur.

chapitre 4

L'heure du dîner s'écoula dans le calme. À part quelques petits groupes d'élèves qui chuchotaient entre eux, personne n'osait plus parler. Les élèves commencèrent à s'acheminer vers leurs salles de cours. Après ces événements qui l'avaient secoué, David se rendit à son cours d'éducation physique qui lui permettrait de se distraire un peu. Il n'excellait dans aucun sport, sauf en natation qui était une seconde nature pour lui. Il appréciait, notamment, ressentir cette sensation de fraîcheur humide ruisseler sur sa peau. L'eau était un réconfort qui l'apaiserait des tourments de la journée. Cette journée n'en finissait plus d'être pénible. Sa seule consolation était sa miraculeuse note en français. Le reste avait été désastreux.

Après avoir enfilé son bermuda fleuri en guise de maillot, il remonta la ceinture par-dessus son ventre et sortit du vestiaire des garçons en suivant les autres élèves. Dernier de la file, il n'appréciait guère être en avant, car ses compagnons de classe en profitaient pour se moquer des nombreuses taches de couleur corail qui recouvraient certaines parties de son corps, comme sa nuque et ses épaules. Tous se dirigèrent vers le professeur qui leur expliqua qu'ils devaient s'échauffer avant de faire leurs dix minutes de longueurs de piscine habituelles. Ils commencèrent leurs exercices d'échauffement au bord de la piscine. David réfléchissait toujours à l'incident entre son frère et lui. Il avait un peu de difficulté à se concentrer convenablement. Sans relâche, il pensait à sa future retenue qui arrivait à grands pas, ce qui le stressait davantage.

- Allez tout le monde! J'ai besoin de dix personnes pour les premières longueurs, demanda monsieur Tremblay. Les autres, vous continuez de vous exercer avant de prendre l'eau.

David resta étendu, attendant patiemment son tour en continuant quelques étirements. « Je ne sais pas si Marc-Alexandre m'en veut toujours pour lui avoir parlé de sa douce comme je l'ai fait? Si au moins il m'écoutait. Il saurait qu'elle n'est pas si adorable qu'il le prétend. Elle utilise un peu trop mon frère pour ses travaux. Je suis certain qu'elle n'en a rien à foutre de lui. Il est aveugle, s'il veut mon avis. », maugréa-t-il en s'étirant. Il s'était juré que jamais personne ne l'éloignerait de son frère. Surtout pas une fille.

Plongé dans ses pensées, il visualisait de nouveau le rêve mystérieux qui l'avait secoué dans le bureau de madame Frappier. Que pouvait-il bien signifier? Pourquoi s'était-il assoupi aussi rapidement en plein milieu de l'avant-midi, et dans un endroit aussi peu propice au sommeil? Il lui était arrivé quelques fois de rêver tout éveillé, mais jamais à l'extérieur de son domicile. Les rêves s'étaient toujours manifestés chez lui, à l'abri des curieux.

- Dernier groupe, lança l'entraîneur. Allez David, c'est à ton tour. Prends le couloir numéro six. Secoue-toi un peu! Je te trouve un peu mou.

David sauta sur ses pieds et s'avança près du bassin. Il sauta dans l'eau et commença ses mouvements. Le style était libre. Il choisit la nage papillon, une de ses préférées à cause du mouvement oscillatoire de son corps. En harmonie avec les poussées de ses jambes et de la forte pression que pouvaient exercer ses bras, la nage papillon faisait de lui un des bons nageurs de sa classe. Il ne dépensait que très peu d'énergie pour effectuer cet exercice, malgré tout. David était dans son élément naturel et il le savait. Tout en nageant dans l'eau, il pouvait vaquer à sa seconde activité préférée, rêvasser.

De nouveau, il pensa à la retenue qui lui avait été imposée bien malgré lui. Il se demandait quel genre de travail le professeur Fraser lui avait réservé. « Sûrement des exercices d'histoire, pensa-t-il. Qu'est-ce que je peux détester l'histoire! C'est la seule matière qui est difficile et ennuyeuse en même temps. Les dates à apprendre par cœur, les lieux à retenir, le nom des gens dont il faut se souvenir, ce qu'ils ont fait. Faut-il vraiment savoir toutes ces choses-là? Il me semble que je pourrais faire d'autres activités plus enrichissantes. Je ne sais pas, moi, lire un roman, jouer aux jeux vidéo ou bien apprendre à gérer les affaires de mon père, par exemple. Parce que c'est certain, Marc-Alexandre ne pourra pas tout faire quand il sera en âge de reprendre les obligations royales. C'est un empire beaucoup trop complexe pour un jeune novice, comme dit souvent père. Même s'il est très compétent dans plusieurs matières, il ne pourra pas tout faire lui-même. Je sais bien que pour les premières années, père ne se retirera pas complètement. Il restera près de Marc-Alexandre pour le conseiller. N'empêche que les décisions finales vont lui appartenir. Il en sera le seul maître. Quelles grandes responsabilités que de maintenir un tel royaume! J'espère qu'il me confiera des tâches intéressantes. Je me verrais bien en… »

- David! hurla monsieur Tremblay.

L'adolescent cessa de nager et regarda autour de lui. De retour à la réalité, il semblait perdu et se souvint qu'il était à la piscine de l'école.

- Quoi, qu'est-ce qu'il y a, monsieur Tremblay?
- Sors de l'eau immédiatement.

David acquiesça avec empressement à la demande de l'enseignant . Il se demandait bien pourquoi tout cet affolement. En sortant de l'eau, il s'aperçut qu'il était le dernier dans la piscine. Près de monsieur Tremblay, les élèves se rapprochèrent du garçon avec des visages ébahis.

- David! s'exclama le professeur.
- Oui!
- David, sais-tu ce que tu as fait? Hein?

- Non, dit-il avec stupeur en replaçant son bonnet de bain.

Vraisemblablement, cette mauvaise journée ne voulait plus le lâcher. Les embûches l'attendaient jusque dans ses activités favorites. Il regardait ses compagnons qui le dévisageaient, tout autour de lui.

- David, mon garçon, depuis dix minutes que tu nages, combien de longueurs as-tu faites? Les as-tu comptées,?

- Non, monsieur Tremblay. Je m'excuse, je n'y ai pas réfléchi. À vrai dire, je suis tellement heureux d'être dans votre cours de natation que j'en oublie complètement de compter les longueurs. Je sais que nous devons le faire pour que nous puissions observer nos performances et afin de pouvoir mesurer nos améliorations, mais comme je vous l'ai dit, je ne les ai pas comptées. Je dirais, si vous me permettez une sommaire estimation, que j'en ai fait approximativement une vingtaine, au maximum.

- Oooh! dit le groupe près de lui.

- David, tu en as fait soixante-dix-sept. Bon Dieu! s'exclama le professeur. Soixante-dix-sept, tu entends, soixante-dix-sept! WOW! Un vrai pro. En plus, je te regarde et tu n'es même pas essoufflé. Il a fallu que je crie pour que tu t'arrêtes. Sinon, je suis certain que tu serais encore en train de patauger dans la piscine comme une barbotte dans la rivière. C'est incroyable, mon garçon, je n'ai jamais vu ça. C'est sensationnel. Il faut que tu fasses partie de l'équipe de l'école. Nous allons gagner toutes les médailles. Enfin un nageur, un vrai! La gloire m'est acquise. Je serai nommé comme le meilleur entraîneur de toute la province de Québec. Que dis-je, du Canada. Non, du monde. Nous allons faire les Jeux olympiques. AH! Splendide, quel événement! s'exclama l'enseignant, euphorique.

Il gesticulait énergiquement en regardant au plafond, rêvant déjà aux trophées qu'il allait remporter. Les autres professeurs le respecteraient, maintenant qu'il tenait un champion. Terminées les médisances et les mauvaises blagues.

David, quant à lui, n'était pas de cet avis. À vrai dire, il ne désirait absolument pas faire partie de l'équipe de natation. Comme le lui avait répété Marc-Alexandre, il ne voulait pas faire de vagues. Il désirait rester dans l'anonymat, comme son père le lui avait ordonné en les expédiant ici, son frère et lui.

- Heu! Monsieur Tremblay, je ne crois pas que ce soit une très bonne idée. En fait, je pense que c'est plutôt une très mauvaise idée. Il est vrai que j'ai un peu dépassé la norme, mais il ne faudrait pas forger trop d'espoirs futiles sur une simple petite manifestation d'exercice...

- Veux-tu bien arrêter ton charabia, David? Tu es excellent. Mais où as-tu appris à nager comme ça? Ne trouvez-vous pas, vous autres, qu'il est extraordinaire? demanda l'entraîneur au crâne légèrement dégarni et quelque peu ventripotent.

- Oui, oui! dirent les élèves autour de lui, en cacophonie.

- David, tu ne m'as jamais dit que tu savais nager de la sorte? questionna Simon qui s'était approché de lui.

David le regarda avec un air de découragement. S'il fallait en plus que son meilleur ami s'en mêle, il ne serait pas sorti du bois, ou plutôt, de l'eau. Sauvé par la cloche, il prit une grande inspiration de soulagement. « Quel embarras », se dit-il en regardant les élèves quitter l'endroit.

- Alors, je t'attends demain après l'école, mon garçon, ici même et surtout ne te surmène pas trop. Ah, bon Dieu! Quelles aventures nous aurons! À commencer par les jeux régionaux, ensuite les jeux du Québec, ensuite les jeux canadiens, ensuite...

La voix excitée du professeur se perdit dans les vestiaires, laissant seuls l'incroyable nageur et son meilleur ami.

- Il me semblait que tu n'étais pas très habile dans les sports, interrogea Simon. Avec ce que tu as avalé au dîner, je me demande bien comment tu ne t'es pas ramassé au fond de la piscine. Je comprends que tu ne me confies pas tout. Moi non plus, je ne le fais pas, et c'est normal. Il faut respecter les jardins secrets de chacun, me dit toujours ma mère. Sauf que là, c'est différent. Tu sais très bien que moi aussi, je ne suis pas très bon en éducation physique et que tout le monde me dit des vacheries à cause de mes piètres performances.

Quand c'est le temps de faire les équipes, je suis toujours choisi en dernier et la plupart du temps, c'est en entendant des cris de découragement des élèves qui ont eu le malheur de m'avoir comme coéquipier. Te rends-tu compte que d'être rejeté comme ça, à la longue, c'est démoralisant? Tu pourrais me dire, au moins, ce qui te permet de nager comme tu le fais? J'aurais pu, moi aussi, faire partie de l'équipe de natation avec toi. Ç'aurait été rigolo d'être ensemble, tous les deux. Pourquoi ne m'as-tu pas dis que tu avais un truc? Parce que tu dois certainement avoir un truc, David.

- Non.

- Non quoi?

- Non, il n'y a pas de truc, dit tout simplement David.

- Pas de truc! Et tu crois que je vais avaler ça? Très bien, si c'est tout ce que tu as à me dire. Si c'est ça l'amitié pour toi, moi non plus je n'ai plus rien à te dire.

Simon tourna le dos à David et se dirigea, le cœur serré, en direction du vestiaire.

- Simon! Simon!

David resta bouche bée. Ahuri, il ne comprenait plus très bien ce qui venait de se passer. Il leva les yeux au ciel, découragé de toute sa journée. Il n'en revenait toujours pas de s'être retrouvé dans une situation pareille. Mais ce qui le chagrinait le plus était d'avoir fait de la peine à Simon. Il ne le méritait certainement pas. Avec tout ce qui lui était arrivé lorsqu'il était petit,

Simon aurait pu se passer de cet affront. Né d'un père qui buvait trop et d'une mère qui l'ignorait, il avait été pris en charge par la Direction de la protection de la jeunesse dès l'âge de deux ans. Enfant petit et chétif, le regard fuyant, pendant plus de trois ans, il avait erré de maison d'accueil en maison d'accueil sans qu'une famille daigne le prendre en charge pour de bon. Jusqu'au jour où un couple qui ne pouvait avoir d'enfants décida de s'en occuper.

Dès lors, il eut un foyer et put s'épanouir intellectuellement, mais sans toutefois recevoir l'amour tant attendu. Misant sur leur carrière respective, ses parents adoptifs travaillaient beaucoup trop pour lui offrir une attention particulière. Pour se déculpabiliser, le père et la mère ne lui refusaient absolument rien. Tout ce qu'il demandait, il le recevait. Mais Simon était toujours seul, transportant sa clé autour de son cou comme un pendule lui rappelant sans cesse qu'il devait encore manger seul pour le souper, la télévision pour unique distraction.

David était son meilleur ami. Il était sincèrement désolé de l'avoir blessé.

- Ma retenue! se souvint-il.

Il ne pouvait tout de même pas arriver en retard. Cela serait le comble. Un record mondial. « Juste vous, monsieur Desjardins, pouvez accomplir de tels exploits », s'exclamerait son professeur d'histoire avec son arrogance habituelle. Il ramassa sa serviette à pois verts et entra dans le vestiaire à toute vitesse. Il se changea sans prendre garde aux quelques retardataires qui l'observaient avec stupéfaction et encore éblouis de la dernière performance aquatique de David.

Immobile devant la porte de la salle, il prit une légère pause avant de la pousser devant lui. Trois autres élèves étaient déjà en train de travailler. Il ne les connaissait pas, mais les avait déjà croisés à quelques reprises dans les couloirs de l'école. Monsieur Fraser lui fit signe d'entrer en silence. Sans délicatesse, il lui remit une feuille griffonnée sans même lui expliquer les consignes à suivre. Pour l'enseignant, les retenues étaient des heures supplémentaires dont il se serait passé. Mais il fallait éduquer ces élèves récalcitrants et leurs états d'âmes lui importaient peu, même s'il avait cru remarquer une certaine confusion chez David. Seuls les résultats faisaient acte de mentions. Et ceux de l'adolescent étaient très peu reluisants. Apparemment, il était le dernier arrivé pour la retenue, mais au moins, il était à l'heure. Un peu juste, mais quand même. David prit le papier et se réfugia dans le fond de la salle.

Confortablement adossé sur sa chaise, il n'avait jamais remarqué que cet endroit avait toutes les apparences d'une bibliothèque, probablement à l'exclusivité des enseignants. Pour avoir fréquenté régulièrement ces lieux depuis le début de l'année scolaire, il fut un peu surpris de voir certains livres qui, lors de sa dernière visite, n'y étaient pas. Mais il n'en tint pas compte. Il regarda sa montre et fut étonné par le temps qui filait. Il devait donc commencer à travailler, s'il ne voulait pas être chez lui trop tard.

« Ah, non! pensa-t-il. Nous sommes le premier lundi du mois, et c'est ce soir que mes parents appellent pour prendre de nos nouvelles. Vraiment, ce n'est pas une journée facile. Allez mon bon DAVID, un petit effort, se dit-il en pesant fortement sur chacune des lettres de son nom en imitant la voix d'une sorcière, car il détestait ce nom qu'il était obligé d'utiliser dans ce monde. Ce n'est qu'un dur moment à passer. »

Il jeta un coup d'œil rapide sur la feuille et chercha son porte-crayon. « AH! non, j'avais raison. Des questions sur l'histoire. Encore plus assommant, elles concernent l'histoire de Terrebonne. Vraiment, c'est con et ennuyeux, l'histoire. »

Martagol, ayant enfilé son vêtement de plongée, qui n'était en quelque sorte qu'un simple pantalon long ajusté confectionné à partir de petites pièces d'un tissu imperméable et moulant ses jambes musclées, déverrouilla la porte, tourna la poignée et entra chez lui, trempé de la tête aux pieds. Pour se rendre dans sa demeure, un ancien refuge creusé sous terre, au bord de l'île Saint-Jean, par des patriotes qui l'utilisaient pour la surveillance des activités du Moulin de la seigneurie de Terrebonne lors du soulèvement de 1837, il devait plonger sous l'eau pour accéder à l'entrée. Il huma l'odeur de la bonne nourriture dans l'antre de la *teach*. Cherchant la présence familière qui, habituellement, venait à sa rencontre, il se dirigea sans bruit vers la cuisine en salivant. Il jeta des coups d'œil furtifs autour de lui, releva le couvercle de la marmite et ne put s'empêcher de goûter à la perchaude qui mijotait dans une sauce blanche accompagnée de légumes frais. Tout comme son frère, il adorait les mets à base de poisson. Cette bouchée le mit en appétit et il tenta de reprendre une autre portion de cette délicieuse préparation aux parfums subtils.

- Laisse ce couvercle, grand chenapan, s'écria Norma, la grosse nounou.

Elle frappa la main fouineuse de l'espiègle avec sa cuillère de bois.

- Je t'ai déjà dit de ne pas t'approcher des fours quand ils sont chauds! Tu peux te brûler.

- Mais, ma tendre et bonne Norma, les fourneaux sont toujours chauds. Tu n'arrêtes jamais de nous concocter de bons petits plats. C'est tellement difficile de résister à ta divine cuisine...

- Il le faut bien. Toi et ton frère mangez comme des ogres, et ne m'appelle plus ta tendre et bonne Norma. Tu sais très bien que ça m'exaspère quand tu cherches à me flatter. On dirait que tu me prends pour un poisson sans cervelle. Non mais, tu entres dans la *teach*, tu ne prends même pas le temps de te changer, puis tu vas directement dans les bols sans même dire un petit : « Bonjour Norma, comment vas-tu? Ta journée s'est bien passée? », rétorqua-t-elle en secouant ses hanches corpulentes. Vous êtes des ingrats. Vous me prenez pour qui, à la fin? Une servante?

- Bien, c'est ce que tu es, non?

Avec son grand bonnet à carreaux rouges sur la tête, la nounou se plaça devant le grand adolescent et le fixa droit dans les yeux. Son regard noir pénétra celui de Martagol. Pris de remords, il n'eut d'autre choix que de baisser les yeux. Il savait très bien qu'il venait de franchir les limites du respect.

- Je m'excuse, Norma. Je suis désolé. Je n'ai pas réfléchi avant de parler, dit-il sincèrement. Je comprends que d'être seule ici toute la journée ne doit pas être très distrayant pour toi.

La grosse femme le regarda tendrement, les yeux humides. Elle fouetta l'air de sa cuillère de bois comme si elle voulait faire disparaître ce malentendu.

- Bah! Ce n'est pas grave. Je prends soin de vous depuis que vous êtes tout petits, ton frère et toi. C'est comme si vous étiez mes fils. Ça n'est pas toujours facile, mais, en général, nous nous entendons bien, dit-elle affectueusement.

Norma ne restait jamais fâchée très longtemps. Elle retourna à ses chaudrons tout en ordonnant au garçon de changer de vêtements pour le souper. Remarquant l'absence de Dagathan, qui n'était toujours pas rentré, elle fit signe à Martagol de revenir.

- Où est ton frère? Il se fait tard. Normalement, à cette heure-ci, il est déjà rentré.

- Il est en retenue.

- Encore?! Norma était découragée. Bon sang, il est abonné!

- Il semblerait que son professeur le croit également.

- Comment cela se fait-il? Pourquoi a-t-il autant de problèmes? Pourtant, tu l'aides beaucoup?

- Oui, mais ne t'en fais pas. Il est un peu distrait par moments, mais en y mettant un peu d'efforts, il peut y arriver.

- Tu es drôle de me dire de ne pas m'en faire. J'espère qu'il sera ici avant que tes parents se manifestent. Tu sais qu'ils tiennent à ce que vous soyez présents tous les deux.

- Je lui souhaite aussi. Pour sa santé, je veux dire. Père va l'étriper s'il apprend que son deuxième fils n'est pas à la *teach*.

Martagol lui fit un large sourire pour la réconforter et se dirigea vers sa chambre pour se changer. Il retira son vêtement de plongée détrempé et enleva les postiches qui recouvraient les pointes de ses oreilles, laissant paraître de fines palmes à leur extrémité. Vêtu uniquement de son caleçon, il fit quelques mouvements d'assouplissement pour étirer ses muscles. En écartant les doigts et les orteils pour les détendre, on pouvait apercevoir une petite membrane les reliant entre eux.

- Veux-tu te couvrir un peu? Tu n'es plus un gamin. Tu es presque un homme, maintenant, fit remarquer la nounou en voyant sortir Martagol de la chambre, qui faisait quelques mouvements d'étirement en petite tenue.

- Allons, tu as dit à l'instant que tu nous as depuis que nous sommes tout petits. Ne me dis pas que ça te gêne de me voir comme ça? signifia-t-il avec un petit sourire en coin.

- Franchement, ça ne me gêne pas du tout. De toute façon, j'en ai vu bien d'autres avant toi.

- J'ai un peu chaud. Je sais que nous serons bientôt en automne, mais revenir jusqu'ici, c'est un exercice qui demande beaucoup d'efforts. En plus, c'est difficile de garder les mains toujours fermées durant la journée pour que personne ne remarque mes différences. Elles deviennent ankylosées. C'est pour cette raison que j'aime bien me détendre un peu.

- Si tu trouves ça difficile, tu n'as qu'à rester ici avec moi. Tu verras que d'être dans ces lieux toute une journée à faire la cuisine, le ménage, le lavage, la vaisselle, en plus de combler tous vos caprices, ça c'est dur, mon grand. Je n'arrête pas, moi, MONSIEUR, de faire...

- Bon, bon, l'interrompit Martagol. J'ai compris. C'est vrai que ce n'est pas très agréable d'être toujours ici.

Il s'approcha et fit une caresse à la grosse femme pendant qu'elle remuait le poisson en sauce mijotant dans le chaudron. Elle appréciait qu'on lui manifeste un peu de tendresse. Affectueuse, elle se retourna et donna un câlin au jeune homme, le fixa longuement dans les yeux en lui enveloppant le visage de ses mains maternelles.

- Comme vous avez grandi, ton frère et toi. Il y a eu une époque où je pouvais faire ce que je voulais de vous deux. Vous faisiez les coups les plus pendables du royaume, des tours que nous préparions soigneusement pour agacer les autres domestiques. Bon sang que nous avons ri! Comme nous avons eu du plaisir, tous les trois. Maintenant, vous êtes de jeunes hommes pleins d'espoirs et de promesses. Le temps file si vite. Beaucoup trop rapidement pour la vieille Norma, finit-elle avec amertume en détournant son regard du sien pour ne pas pleurer.

- Allons, Norma, arrête de ressasser toutes ces vieilles histoires. Tu vis trop dans le passé. Tu verras, tu auras encore l'occasion de préparer des mauvais coups lorsque j'aurai, à mon tour, des petits monstres.

Elle se retourna et pointa farouchement sa cuillère de bois vers lui.

- J'espère bien que tu auras beaucoup d'enfants, et ne me fais jamais l'humiliation de prendre une autre nounou que moi, parce que je te jure que tu t'en repentiras pour le reste de tes jours. Compris? menaça-t-elle.

- Bien sûr. Qui d'autre que toi aurait assez de talent pour remplir une tâche aussi ingrate que celle d'élever ma progéniture? dit-il en s'esclaffant.

- N'y pense même pas. Et surtout pas cette pimbêche de Lucy. Cette affreuse gouvernante ferait de tes rejetons d'ignobles petits crapauds égocentriques.

Elle cracha sur le plancher et s'essuya la bouche du revers de son bras, exprimant ainsi son mépris.

Sans s'offusquer, Martagol l'observa avec un sourire qui en disait long sur la question. Il connaissait très bien la vieille rivalité qui perdurait entre Norma, la nounou attitrée depuis des lunes chargée de l'éducation des jeunes princes et Lucy, la gouvernante royale qui faisait régner l'ordre et l'harmonie au palais. Toutes deux se détestaient et ne manquaient jamais une occasion pour empiéter sur le territoire de l'autre. Il enfila un vieux jeans et un chandail avant de s'asseoir sur son fauteuil. Allongeant ses jambes sur un petit pouf, il avait l'habitude de feuilleter le journal avant le souper.

- As-tu remarqué que depuis quelque temps, il y a plusieurs catastrophes naturelles qui surviennent en peu de temps? constata-t-il en lisant les grands titres.

- Non, pas plus que d'ordinaire. Des tempêtes, des ouragans, des tremblements de terre, des feux de forêt. Des trucs normaux. Pourquoi?

- Ce que je ne comprends pas, c'est qu'il y en a de plus en plus. Il semblerait même que les nouvelles perturbations soient toujours plus fortes que les précédentes. C'est bizarre, ne trouves-tu pas? On dirait que certains incidents se produisent dans des parties du monde où on n'aurait jamais cru cela possible. Même que dans un de mes cours de biologie, un élève a fait la remarque concernant les virus et leur rapidité à se multiplier. D'après certains scientifiques, leur capacité de résistance contre les vaccins se renforcerait au fur et à mesure qu'ils évoluent. Aussi surprenant que cela en ait l'air, le journal relate des événements similaires au sujet de la vache folle au Canada et de la grippe aviaire en Chine.

- Je n'y avais pas vraiment porté attention, mais maintenant que tu soulèves la question, à mon avis, c'est à cause du réchauffement de la planète.

Pas tout à fait convaincu de cette explication trop simpliste, Martagol s'enfonça profondément dans le fauteuil et continua sa lecture en se promettant bien d'en discuter avec ses parents le soir venu. Il voulait en savoir davantage, car il était curieux de savoir si, chez lui, la situation était analogue à celle qu'il vivait ici-même.

Malgré le temps perdu à fouiller dans plusieurs livres de la bibliothèque pour sa recherche, David avait réussi tant bien que mal à rédiger quelques lignes. Il avait arrêté son choix sur l'époque écossaise, celle des MacTavish. Il avait quand même dégoté certains éléments intéressants qui pourraient lui être utiles. Bien sûr, son esprit avait un peu vagabondé. Il songea qu'il aurait bien aimé vivre à cette époque du XIXe siècle.

Désormais, il ne verrait plus le site du Vieux Moulin comme un simple petit bout de terrain où s'érigeaient d'anciens bâtiments. Chaque soir, lorsqu'il retournerait chez lui, il traverserait l'île de part et d'autre en la regardant différemment. Outre le fait qu'elle n'était pas très grande, son histoire, quant à elle, présentait toute une richesse. L'ancienne seigneurie de l'île des Moulins avait abrité plusieurs familles, dont celle du noble Simon MacTavish. Tout le commerce de la seigneurie devait inévitablement converger par le comptoir du maître des lieux. Ça, David aimait bien. Il se serait très bien vu commandant tous et chacun. Ordonner, diriger, légiférer étaient des activités qu'il aimerait exercer lorsqu'il serait en âge de les assumer. S'il avait vécu à cette époque, il ne serait certainement pas en retenue aujourd'hui.

- C'est bon, David. Apporte-moi ton travail. Il est presque dix-sept heures. Tu dois partir, maintenant, précisa monsieur Fraser.

David ramassa ses effets et se dirigea vers l'enseignant pour lui remettre son travail. Selon lui, il avait fait une recherche digne de mention. Pour une des rares fois, il était satisfait du travail accompli. Absorbé par sa rédaction, il ne s'était pas rendu compte du départ des autres élèves.

- Merci, David, dit le professeur en prenant les feuilles qu'il roula entre ses mains. David, j'aimerais te parler quelques instants, dit-il en se levant.

- Bien sûr, monsieur Fraser, mais il n'est pas un peu tard? répondit le garçon. Je dois rentrer chez moi.

- Bah! Tu dois bien avoir quelques minutes. De toute façon, tu as déjà raté ton autobus, dit-il avec sarcasme.

- Ouais!

David s'installa sur une chaise devant monsieur Fraser et garda un air désinvolte.

- Je sais que tu trouves les cours d'histoire ennuyants et sûrement que tu dois te demander ce que cette matière pourra bien t'apporter dans le futur. Je peux comprendre ton scepticisme. Par contre, si je ne m'abuse, il semblerait que tu ne sois pas plus intéressé par les autres disciplines scolaires. N'ai-je pas raison?

- Ce n'est pas que je ne suis pas intéressé, monsieur Fraser, c'est juste que j'ai de la difficulté à me concentrer. En fait, après quelques minutes de cours, je ne peux m'empêcher de rêvasser...

- Oui, je vois. Tu sembles avoir un sérieux problème. Y a-t-il quelque chose qui te préoccupe ou, peut-être même, qui te trouble en ce moment?

- Non, non, dit David un peu anxieux qu'on lui pose des questions aussi personnelles, surtout venant de ce professeur.

- Hum! Tu m'apparais un peu nerveux, mon garçon.

L'enseignant s'assit sur une chaise près de David, augmentant l'angoisse de l'adolescent. La carrure de monsieur Fraser était tellement imposante qu'il avait un peu de difficulté à poser confortablement son bassin sur la pauvre petite chaise de plastique orange, trop étroite pour l'accueillir. Il se tourna vers le garçon et approcha son large visage rousselé à quelques centimètres du sien. David pouvait sentir son haleine chaude. Par réflexe, il avala promptement sa salive.

- Tu es certain que tu ne me caches pas quelque chose? Quand tu as des pensées, quelles sont les images qui reviennent le plus souvent, dans ta petite tête? questionna l'enseignant qui s'avançait encore plus près de David, très près, beaucoup trop près de lui et ouvrait sa bouche légèrement pour la maintenir à quelques centimètres de celle de David.

David était figé par le regard soutenu du professeur. Machinalement, il ouvrit la bouche. Stressé et tremblant légèrement, il sentit son souffle s'évaporer doucement. Il commençait à s'affaiblir tranquillement. Sa tête oscillait et son esprit ne demandait pas mieux que de s'évader. S'efforçant de rester éveillé, il commençait néanmoins à perdre conscience, au fur et à mesure que son souffle pénétrait dans la bouche du professeur. Des éclairs dans les yeux, monsieur Fraser l'observait, la bouche légèrement entrouverte.

Soudain, David reprit ses sens. Le souffle court, il se dégagea, sauta sur ses pieds et se dirigea vers la porte, qu'il ouvrit d'un coup sec. Se dirigeant à toute vitesse vers son casier, il partit sans se retourner en laissant monsieur Fraser bouche bée.

David respirait rapidement. Il jetait régulièrement des regards en arrière pour s'assurer que personne ne le suivait. Les événements qui venaient de se produire l'inquiétaient beaucoup. Que voulait savoir exactement monsieur Fraser? Pourquoi toutes ces questions un peu trop personnelles à son goût? Mais ce qui était encore plus troublant était l'attitude de l'enseignant envers lui. Pourquoi s'était-il approché de si près, comme si le professeur désirait l'embrasser? Comment se faisait-il qu'il avait eu l'impression de s'évanouir, d'expirer son dernier souffle de vie et d'entrer littéralement dans le corps de monsieur Fraser? Et ces yeux qui avaient changé radicalement en de petits éclairs scintillants qui ne cessaient de le fixer, le figant sur sa chaise...

Il prit ses effets scolaires et se dirigea vers la sortie, poussa la porte et quitta les lieux en regardant sa montre. Dix-sept heures quinze, il ne serait pas trop en retard et pourrait être présent lorsque ses parents prendraient des nouvelles d'eux. David jeta un dernier coup d'œil derrière lui et continua de marcher rapidement sans regarder où il allait. Sans crier gare, il fonça dans la poitrine d'un énorme individu.

- Hey! Mon grand ami David! On t'a cherché toute la journée. Où étais-tu passé? Tu pensais peut-être nous fausser compagnie? Pourtant, tu sais très bien qu'aujourd'hui, c'est jour de paye, non?

David essaya de se dégager de l'emprise du colosse, mais deux individus l'agrippèrent par le manteau et le retinrent solidement. Il se débattit farouchement afin de se libérer des brutes. La peur lui noua l'estomac. Il aurait préféré ne pas rencontrer le gang à Corneau.

Ces trois grands gaillards aux allures sauvages arboraient des *piercings* un peu partout sur le visage. Ils avaient râsé leurs crânes sur les côtés et avaient laissé une large bande de cheveux qu'ils prenaient soin de monter tout en hauteur pour former de longs pics. Le *mohawk* était le symbole de leur clan qui les rendait encore plus effrayants. Les trois brutes étaient la terreur de l'école et s'en prenaient régulièrement aux plus jeunes afin de leur soutirer le peu d'économies qu'ils possédaient.

- On dirait que tu n'es pas très content de nous voir, remarqua Corneau.

Au même moment, une ombre se détacha de celui-ci. Elle se posta à ses côtés et observa longuement David qui, face au soleil couchant, avait de la difficulté à reconnaître la silhouette qui se dessinait devant lui.

- Hey! Allez, David, tu n'as pas l'air aussi sûr de toi qu'à l'heure du dîner, dit une voix suave.

- Sarah?! Que fais-tu ici? demanda David, surpris de reconnaître la jeune fille qu'il n'appréciait guère.

- Quoi? Il me semble que ce n'est pas défendu de se promener avec des copains. J'accompagne mon petit ami, si tu veux savoir. Quand il m'a dit que son gang et lui cherchaient un petit crétin qui avait oublié de les payer aujourd'hui, j'étais très curieuse de voir ce qu'ils lui feraient. Mais là, j'étais loin d'imaginer que c'était de toi qu'il s'agissait. Le jeu est encore beaucoup plus intéressant que je ne le croyais. Wow! Le petit garçon à sa maman qui me faisait des gros yeux, caché derrière son grand frère!

- Quoi? Il t'a écœurée tout à l'heure, *bebé*? demanda Corneau.

- Oui, il m'a fait des gros yeux, se plaignit Sarah.

Les trois brutes poussèrent David à tour de rôle. Ils se le passèrent comme un ballon de football en ne manquant pas de le frapper à la figure. L'adolescent, fortement ébranlé, tentait du mieux qu'il le pouvait de garder l'équilibre en s'agrippant aux bras de ses assaillants.

- Ne t'avise plus de parler comme ça à ma blonde! cria le gros en lui assénant un coup de poing au ventre.

Sous l'impact, David s'effondra. Corneau l'empoigna par le collet et le remit debout.

- Aïe! Lâche-moi, tu me fais mal, espèce de con!

- Quoi? Tu entends ça? demanda Corneau qui se retourna vers Sarah. Il me traite de con, ce petit morveux. Il me traite de con! Pis en plus, il voudrait se sauver de nous et oublier de payer son dû. Ah! Ben là, je n'en reviens pas. On ne parle pas comme ça à ses amis.

- Vous n'êtes pas mes amis, espèces de cons.

- Coudon, c'est juste ce mot-là que t'as comme insulte? Tenez-le bien vous autres, je vais lui montrer comment être un peu plus poli avec ses bons amis!

Les deux acolytes lui obéirent et Corneau lui administra plusieurs gifles au visage. Un des deux lourdauds était plus violent que l'autre et lui distribuait des coups de genou aux cuisses en guise de bonus.

- As-tu mon fric? cracha Corneau en empoignant le collet de David. As-tu mon cash?

- Non, il n'y en avait plus dans le pot, ce matin, quand je suis parti de chez moi. Je te promets que demain, tu l'auras. Arrête! Tu m'étouffes!

Retenu par les acolytes de Corneau, le pauvre garçon cherchait un moyen de s'échapper. Avec rage, le chef de la bande décocha un coup de poing au visage de David, faisant gicler le sang de ses lèvres. Il continua de le frapper sans relâche avec une telle violence que David n'eut pas d'autre choix que d'encaisser. Les yeux enflés, les muscles endoloris, le corps de David commença à montrer des signes de faiblesse. Le remarquant, Corneau cessa de le frapper sous les regards de Sarah qui regardait la scène en se rongeant les ongles.

- J'imagine que tu voudras le répéter à ton grand innocent de frère? demanda-t-elle. Eh bien, je te suggère fortement de fermer ta grande gueule, petite ordure!

Elle le frappa au visage. De ses larges bagues, elle lui lacéra profondément la joue droite.

- Allez le placer près du bosquet dans le fond de la cour, pour qu'on ne le retrouve pas de sitôt! ordonna Corneau à ses deux sbires.

Ses jambes refusant de le porter, David fut traîné jusqu'aux haies de cèdres qui longeaient la cour de l'école. Ils le jetèrent comme un vieux torchon. Le pauvre garçon tomba lourdement par terre en gémissant. Il souffrait beaucoup et son visage lui faisait atrocement mal. Des larmes mélangées à son sang coulaient le long de son visage lacéré. Il rampa péniblement pour se soustraire à ses bourreaux. L'un d'eux, trouvant qu'il n'en avait pas eu assez, lui donna un coup de pied à la tête.

- Pis n'oublie pas, demain c'est ta dernière journée. Il me faut les intérêts aussi, beugla Corneau.

Les mots lui arrivèrent en écho. David perdit conscience.

- Baisse le ton, *bebé*, les gens vont sortir pour voir ce qui se passe. De toute façon, il ne doit plus t'entendre. Je crois qu'il s'est évanoui. Le dernier coup de Snake l'a assommé pour un bon moment.

- Tu ne trouves pas qu'il perd beaucoup de sang? remarqua l'abruti que l'on surnommait Tof.

- Ouais! T'as raison, allons-nous en. Laisse-le là. Quand il va se réveiller, il va avoir un maudit mal de tête, je te le jure. Il ne nous oubliera plus, dit-il en ricanant.

Le gang s'éloigna gaiement en se vantant de ce qu'ils venaient d'accomplir, laissant leur victime derrière eux, gisant dans son sang. La fraîcheur de cette fin d'après-midi enveloppa le corps meurtri de David.

chapitre 5

Le souper allait bon train. Norma était une experte en la matière. Aucune perte de temps. La table était parée et les plats s'enligneraient, les uns après les autres, lorsque Dagathan serait de retour. Confortablement installé dans son fauteuil de cuir, Martagol était encore plongé dans ses pensées, songeant à la dernière conversation avec sa nounou.

- Ce sera bientôt l'heure de souper, dit-elle, un peu agitée. Mais où est donc passé Dagathan? Que fait-il encore dehors?

- Je ne sais pas. À vrai dire, je n'en ai aucune idée et je commence à être inquiet. Habituellement, les retenues ne se prolongent jamais à des heures aussi tardives. Il y a belle lurette qu'il devrait être rentré.

- Ah mon Dieu, j'espère qu'il ne lui est rien arrivé de malheureux!

- Mais non, mais non, Norma. Arrête de te faire du mauvais sang. Monsieur Fraser a dû le garder un peu plus longtemps pour tenter de le remettre sur la bonne voie. Frérot est très distrait ces temps-ci, et il en a profité pour discuter avec lui.

- Oui, peut-être que tu as raison.

Dans le brouhaha de Norma qui secouait les chaudrons dans la cuisine pour mieux cacher son inquiétude, Martagol se remémora la dernière discussion orageuse avec son benjamin. Avant cette dispute qui les avait séparés, il ne connaissait toujours pas la raison pour laquelle Dagathan désirait tant lui parler seul à seul. Que pouvait bien signifier son empressement? Son retard était-il en rapport avec cette histoire? Pour ne pas affoler la nounou, il essayait de retenir ses émotions. Soudain, il entendit le bruit d'un vase qui se fracasse dans la cuisine, suivi d'un cri strident.

- Norma, Norma! cria-t-il en courant vers la pièce.

Mais Norma ne l'entendait pas. Il se précipita à la cuisine et il la vit gesticuler énergiquement tout en hurlant à tue-tête. Elle arracha son bonnet, laissant apparaître une longue chevelure grise ébouriffée, et sauta à pieds joints en levant les bras très haut. Elle était devenue hystérique et ses yeux fixaient le coin de l'armoire à balai.

- Norma! Norma! cria très fort Martagol pour essayer d'enterrer ses hurlements. Norma, Norma!

L'instant d'un éclair, il sentit qu'il n'avait plus le choix. Il s'élança, la gifla sur la joue droite, y laissant l'empreinte de sa main.

Elle se figea instantanément. Son humeur s'assombrit, ses yeux se noircirent, ses sourcils se froncèrent. Elle agrippa par le collet le jeune homme qui l'avait frappée, prit sa cuillère de bois et lui asséna plusieurs coups, le faisant se recroqueviller sur lui-même.

- Tu oses frapper une pauvre vieille femme sans défense! Tu n'as pas honte de toi, jeune chenapan? Non mais, pour qui te prends-tu, petit monstre, batteur de femme, jeune ingrat, violent personnage? Qui donc t'a éduqué, espèce de brute sauvage?

- Toi, Norma, c'est toi qui m'as éduqué, lui dit-il en se protégeant à l'aide de ses bras pour contrer les coups de la nounou.

- Si c'est comme ça, c'est que tu n'as pas encore compris! continuait-elle en le frappant. Ne me touche plus jamais, tu entends, sinon je t'étripe et te fais frire dans la poêle avec du gras de barbotte, vaurien!

- Arrête, cria Martagol qui saisit la cuillère de bois. Il la cassa en deux et lança les morceaux à la volée. Ça suffit, maintenant! Si tu me disais ce qui se passe plutôt que de t'en prendre à moi, je pourrais sans doute t'aider? Alors calme-toi et dis-moi ce qui se passe, à la fin.

- Oh oui, se souvint-elle. Elle se ressaisit et sauta sur une chaise en pointant le coin de l'armoire. Une souris! Il y a une souris, juste là!

Martagol se pencha et vit la terrible bête monstrueuse mangeuse de nounous. Pris d'un fou rire à cause du ridicule de la situation, il s'approcha afin de capturer la bestiole, mais ne fut pas assez rapide. La petite souris se faufila entre ses jambes et alla se perdre dans un trou en bas du mur. Après avoir cherché dans l'armoire à vaisselle, le garçon prit un morceau de laine d'acier et boucha aussitôt l'orifice.

- Voilà. Ça devrait faire l'affaire. Demain, je taillerai un bout de bois pour bien couvrir le tout. Elle ne pourra plus entrer, maintenant. Au moins, cette fois, le cours d'initiation à la technologie aura été utile. Tu vas mieux maintenant? questionna-t-il en sondant Norma qui lui paraissait encore sous le choc.

- Oui, je vais mieux, dit Norma qui baissa honteusement la tête. Je voudrais m'excuser, mon grand. Tu sais, les souris et moi ne faisons pas très bon ménage. Elles me font perdre tous mes moyens et...

- Ce n'est rien, coupa-t-il. Je m'excuse, moi aussi, de t'avoir giflée. Tu comprends, je ne savais plus quoi faire. Alors, ce fut ma réaction. Un peu violente, j'en conviens, mais fort efficace, tu admettras.

- Bah, ce n'est pas grave. Elle serra Martagol dans ses bras. En autant que tu n'y prennes pas goût.

- Mais non, mais non.

- Ah, mon Dieu, c'est l'heure, s'exclama-t-elle en voyant l'horloge accrochée au dessus de l'évier. Va chercher le *boldeau*.

- Merde, s'énerva le frère aîné. Et Dagathan qui n'est pas encore arrivé. Qu'est-ce qu'on va leur dire?

- La vérité, Martagol. Je ne peux dire que la vérité. Toi et ton frère le savez très bien. Je ne peux pas et ne veux pas mentir à tes parents pour ce genre de choses. Leur confiance en moi est plus importante que tout.

- Oui, bon, j'essaierai de le couvrir, encore une fois.

Martagol se dirigea vers le buffet et ouvrit une des portes vitrées. Il en retira une urne de cristal d'environ trente centimètres de diamètre remplie d'eau à ras bord. Sans prendre de précautions particulières, il la déposa sur la table à manger. Même secouée vigoureusement, l'eau restait à l'intérieur du contenant.

- Es-tu prête, Norma?

- Oui, j'arrive.

À son tour, elle sortit du cabinet vitré deux petites fioles, une rouge et l'autre bleue, et s'assit près du jeune homme en ouvrant les deux contenants. Pendant qu'elle prononçait des incantations inintelligibles, elle jeta dans l'eau deux pincées de poudre de chacune des petites bouteilles. Un léger nuage mauve apparut au-dessus du *boldeau*. Il le survola quelques instants, jusqu'à ce que l'on voie le liquide incolore se mouvoir doucement à son tour. De petites ondes commencèrent à osciller. Le fluide se mouvait de plus en plus vite et s'élevait tout doucement. Devant les yeux contemplatifs de Martagol et de Norma, deux petites silhouettes, pas plus hautes qu'un crayon, prirent forme à la surface de l'eau.

La dame était remarquement belle. Elle avait un visage aux traits fins et racés ainsi que des yeux en forme d'amande d'un vert inoubliable. Ses cheveux d'un noir de jais tombaient en cascade jusqu'au creux de ses reins. Elle portait une robe verte composée d'algues. Assortie à ses yeux, elle moulait ses formes gracieuses. Les gens qui la rencontraient ne pouvaient que l'admirer.

L'homme qui se tenait à ses côtés était imposant malgré sa petite taille. Une barbe venait adoucir la carrure de son visage. Ses yeux bleus perçants brillaient comme des aigues-marines. Des oreilles palmées pointaient au travers de ses cheveux châtains qu'il portait aux épaules. Vêtu simplement d'un pantalon ajusté tombant jusqu'aux mollets, on pouvait remarquer à certains endroits de son torse nu et musclé de petites taches de couleur corail. Autour de son cou brillait un large collier torsadé en or massif et orné de pierres précieuses qui irradiaient la pièce. Sa tête était coiffée d'une magnifique couronne ornée de têtes d'hippocampes, sertie d'or et de diamants. Dans sa main droite, il tenait fièrement un sceptre torsadé à l'effigie du cheval de mer. Les deux petits êtres avaient, tout comme Martagol et Dagathan, les pieds et les mains palmés.

- Bonsoir, mère. Bonsoir, père. J'espère que vous vous portez bien, demanda Martagol pendant que Norma baissait la tête en signe de respect.

- Bonsoir, mon fils, dirent-ils en chœur en affichant de larges sourires.

L'homme prit la parole.

- Vous pouvez vous relever, ma très chère Norma. Pour répondre à ta question, mon fils, ici, tout va pour le mieux. D'ailleurs, ta merveilleuse mère a une grande nouvelle à vous annoncer, n'est-ce pas, très chère?

- Oui, chéri, reprit-elle en dissimulant mal un très grand bonheur.

- Allons, allons ma chérie, pas de simagrées. Nous sommes en famille, voyons. Vous savez que depuis plusieurs années, la reine et moi essayons d'avoir un troisième enfant, mais en vain. Nous nous sommes posé d'innombrables questions à ce sujet. Nos éminents médecins n'ont jamais trouvé de raisons valables pour expliquer notre état. Mais, aujourd'hui, après moult efforts…

- Oui, enfin, coupa-t-elle, les joues rougissantes. Ton frère et toi aurez, très bientôt, un poupon à bercer et à cajoler.

Elle montra un petit œuf qu'elle tenait au creux de ses mains. Le regard réjoui de Martagol et les cris de joie de Norma s'ajoutaient au bonheur du couple royal d'accueillir bientôt ce nouveau membre de la famille.

Héritier d'une longue et noble lignée de seigneurs, Zebban, roi des Courtamines, avait quelques difficultés à contenir sa joie. Malgré son excitation, il devait quand même garder son port altier. En général, il savait rester calme, mais lorsque les gens lui désobéissaient ou prenaient des initiatives sans lui en parler, alors la colère l'envahissait rapidement. Martagol avait hérité de son père ce trait de caractère. La plupart du temps, seule la reine, de nature posée, avait la finesse d'apaiser le cœur et l'âme de son souverain.

- Je suis très contente pour vous, majesté, s'exclama joyeusement Norma. Il me fera grand plaisir de m'occuper soigneusement de votre future progéniture, insista-t-elle.

- Oui, bien sûr, Norma. Il est évident que vous serez chargée de cette importante responsabilité, puisque vous avez de si bonnes références, reprit la reine en faisant un clin d'œil à son fils aîné, qui lui rendit la pareille.

- Bon, assez de sentiments, somma Zebban. Maintenant, passons aux affaires sérieuses. Comment cela se passe-t-il à l'école, mon fils?

- Très bien, père, répondit Martagol. Je vous remercie de vous en préoccuper.

- Je me préoccupe toujours de mes fils. Tu devrais le savoir?

- Ce n'est pas ce que je voulais dire, père, mais il y a tant à faire dans notre royaume qu'il me semble que vous devez être à court de temps. Moi, si j'étais à votre place, je n'aurais sûrement pas d'énergie pour vaquer à toutes les occupations royales que compte une journée. Je vous admire, père. Vous devriez penser un peu plus à vous et prendre le temps de vous reposer.

- Ai-je l'air fatigué, ma douce? demanda le roi à sa reine, un peu inquiet. Ma foi, je dois avoir les traits tirés pour qu'il me parle ainsi?

- Mais non, sire, vous êtes resplendissant.

Zebban s'étira le cou pour mieux observer les environs.

- Norma! dit-il subitement.

- Oui, messire, répondit-elle en sursautant.

- Où est mon autre fils? questionna le roi d'une voix grave.

- Heu! Père, il a été quelque peu retenu, interrompit Martagol.

- Est-ce à toi que j'ai posé la question, fils?

- Non, père.

Le garçon baissa les yeux.

- Norma! Comment se fait-il que Dagathan ne soit pas là pour nous accueillir? Répondez!

- O-oui, s-sire! bégaya-t-elle. Il n'est pas encore rentré.

- Je vois bien qu'il n'est pas là.

Son visage s'empourpra. L'impatience le gagnait peu à peu et l'eau commença à se mouvoir autour de lui, éclaboussant la table de gouttelettes translucides.

- Messire, ne vous mettez pas dans cet état. C'est très mauvais pour votre cœur, dit Norma pour le calmer.

Norma était effrayée.

- Ne vous inquiétez pas pour mon cœur, mais plutôt pour celui de votre protégé. OÙ EST-IL? gronda le roi qui se tenait sur l'eau, maintenant en grande ébullition. Allez-vous me répondre, à la fin?

- Oui, sire. Il a eu une retenue. Il a dû rester à l'école, répondit la pauvre nounou, les joues inondées de larmes.

- Quoi? Encore à cette heure aussi tardive? Me prenez-vous pour un imbécile, pardieu? Il a déjà eu des retenues et il ne s'est jamais absenté si longtemps. Que me cachez-vous, bon sang?

L'eau tourbillonnait de plus en plus rapidement. Derrière le roi en colère, la reine essayait de garder l'équilibre tout en protégeant son œuf.

- Rien, père. Nous ne vous cachons rien. Nous ne connaissons pas la raison pour laquelle il n'est pas encore rentré à la *teach*. Norma et moi avons eu une longue discussion avant votre arrivée. Elle ne sait absolument rien, et moi non plus. Arrêtez de la harceler ainsi. Vous voyez bien que vous l'avez effrayée!

Derrière le roi, rouge de colère, l'eau tourbillonnait de plus belle. La reine Hayeppe déposa une main sur l'épaule de Zebban. D'une voix calme, elle exprima le désir de quitter les lieux et de revenir un autre jour, quand il serait plus calme. Pour l'heure, il était préférable de se retirer.

- Bien sûr, ma reine, vous avez raison.

Le tourbillon ralentit son allure et vint à se résorber. Se tournant vers la nounou et son fils, Zebban ordonna une nouvelle séance pour la semaine suivante et disparut avec la reine sans demander son reste.

- Père, je voulais vous entretenir d'un sujet qui m'apparaît important.... tenta Martagol, mais sans succès.

Les parents avaient disparu sous le regard consterné du jeune homme.

- Ouf! Je ne l'ai jamais vu comme ça, souffla-t-il à Norma qui avait encore la tête baissée.

- Moi, si. Une seule fois. Il y a maintenant plus de quinze ans, mentionna-t-elle en relevant la tête, le regard perdu. Ce fut terrible. Tous les gens qui furent témoins de la scène n'en revenaient pas. Même ta mère qui l'apaise dans ces moments n'y pouvait plus rien. La petite tempête dans le *boldeau* n'est pas comparable au courroux des flots dont furent témoins les océans. De toute ma vie, je n'avais jamais vu un tel ouragan sur les mers. Le tonnerre grondait sans cesse et les éclairs frappaient tout ce qu'ils pouvaient atteindre. On aurait pu jurer que la fin des mondes était arrivée. Si tu crois qu'aujourd'hui il était fâché, tu n'as rien vu, mon pauvre enfant. Oh, non! je ne le souhaite à personne, pas même à ton pire ennemi. Celui ou celle qui ose se frotter à ton père lorsqu'il est en colère s'en souviendra longtemps.

- Pourquoi était-il comme ça? Ce n'est pas la première fois que Dagathan est en retenue, ni même en retard. Non, il doit y avoir autre chose qui le préoccupe.

Se tournant vers Norma, il l'aida à replacer le *boldeau* dans l'armoire.

- Tu me dis qu'il y a eu un incident semblable, il y a quinze ans. Que s'était-il passé?

- Bah! oublie ce que je t'ai dit. Pour l'instant, il se fait vraiment tard et ton frère n'est pas encore rentré. Ça m'inquiète beaucoup. Mais j'y pense, il parle souvent de son ami. Voyons, comment s'appelle-t-il?

- Simon!

- Oui, c'est ça. Je vais lui téléphoner et lui demander s'il est avec Dagathan.

- Tu veux dire David, corrigea Martagol.

- Oui, tu as raison, il ne faut pas que je me trompe.

- Laisse tomber, Norma. Je vais le faire, dit le jeune homme en se dirigeant vers le combiné.

Sur la table de corail ornée de pattes de loups marins sculptées, le liquide à l'intérieur du *boldeau* royal frémissait encore. Cependant, pas une seule goutte ne manquait dans le récipient. La reine Hayeppe, encore troublée de la tournure du dernier événement, se dirigea vers le landau en forme d'huître d'eau douce pour y déposer soigneusement le petit œuf blanc, tacheté de vert. Un simple toucher sur les coussins de satin jaune et la grande huître se referma sur l'œuf avec précaution pour assurer sa protection. La dame, sachant maintenant son embryon en sécurité, marcha vers le roi, son époux.

La chambre royale, située en haut d'une tour cylindrique, permettait au roi d'avoir une vision périphérique sur l'ensemble des îles du royaume grâce au pourtour de l'immense fenêtre. Les bras croisés dans le dos, le regard perdu vers l'horizon de la mer turquoise s'étendant à l'infini, Zebban était songeur. La reine l'entoura de ses bras fins.

- Sire, pourquoi vous mettre dans un tel état d'âme?

- Qu'allons-nous faire de lui, ma mie? Il est si têtu. Il ne respecte rien. Aucune règle, aucune loi, aucun châtiment ne peuvent lui faire entendre raison. Pour lui, le devoir n'a aucune importance.

- Un peu comme vous lorsque vous aviez son âge, sire. Si je me souviens bien, à cette époque, vous étiez, comment dire, un peu turbulent, pour emprunter l'expression de votre nounou. Vous en souvenez-vous? questionna-t-elle avec un sourire moqueur.

- Mmmmh, marmonna-t-il en la regardant du coin de l'œil.

- Il est si jeune. Il faut être patient. Les responsabilités qui l'attendent sont si grandes, dit-elle, le regard plongé sur le royaume. Selon Oan, notre premier conseiller, les bâtonnets divinatoires de l'oracle d'Ogham qu'il a consultés à sa naissance sont formels. Son destin sera celui d'un grand seigneur. Il fera beaucoup pour notre peuple. Selon Oan, il réunira les huit mondes. Il faut lui donner un peu de temps, c'est tout.

- Si au moins il suivait les règlements. Martagol est tellement différent. Lui a tout ce qu'il faut pour être un grand monarque. Il saura faire régner la paix et la justice dans son royaume, et dans tous les autres également.

Zebban gonfla le torse naturellement, exprimant sa fierté.

- Sire, nos fils sont différents et c'est très bien ainsi. Chacun possède ses propres forces et faiblesses. Martagol a de belles qualités et Dagathan, les siennes.

- Mais où sont-elles, bon sang?

Il prit place dans un fauteuil orné de serpents de mer en guise d'accoudoirs et s'y adossa. La reine s'approcha de lui tout doucement.

- Il en a. Vous les découvrirez bientôt. Même s'il est un peu écervelé pour l'instant, il accomplira quand même son destin. Si on en croit les écrits incomplets de Vix, l'avenir de Dagathan sera semé d'embûches. En ce moment, ce qu'il lui faut, c'est un peu de compréhension et de tendresse. Heureusement, Norma lui en donne suffisamment.

- Ah! celle-là. Elle est beaucoup trop permissive. Il faut être plus ferme avec lui. Nous aurions peut-être dû engager une autre nourrice.

- Quoi? sursauta la reine. Ne faites jamais ça, sire. Norma est une nourrice extraordinaire. Elle aime les enfants plus que tout au monde et elle n'hésiterait pas un instant à donner sa vie pour sauver la leur.

Elle se retenait pour ne pas crier son désaccord. Prenant une grande inspiration, elle s'agenouilla devant lui, les mains jointes aux siennes et le fixa droit dans les yeux.

- Mon très cher amour. Norma sait très bien ce que nous attendons d'elle. Elle sait ce qu'il faut faire. Elle est d'une loyauté exemplaire. Elle fait partie de notre famille depuis trois générations et n'a jamais manqué à son devoir. Elle saura s'acquitter de ses obligations encore une fois, et ce, sans faillir.

- Depuis trois générations, ma chérie? Comme elle vieille? Pourtant, elle n'a aucune ride.

- Mais oui, sire. Il ne faut pas oublier qu'elle a été aussi votre nourrice.

- Je sais et c'est bien ce qui m'inquiète le plus. Je connais la façon dont elle s'occupe des enfants. Ses méthodes peuvent être efficaces pour les plus jeunes, mais plus pour nos fils qui approchent l'âge adulte. Ne sait-elle donc pas qu'ils sont appelés à régner?

La reine, qui remarqua l'entêtement habituel de son souverain, se releva gracieusement. Dans ces moments, il était difficile de le dissuader de ce qu'il croyait être la vérité.

- J'ai quelques affaires urgentes à terminer. Je dois vous quitter, dit-elle en l'embrassant tendrement.

Il l'attira vers lui et l'embrassa avec passion. Elle respira le parfum aux effluves de mer que dégageait sa peau et dut faire un effort pour ne pas céder à ses caresses.

- J'ai des choses à faire, mon amour, dit-elle dans un souffle, sans trop de conviction.

- Après tant d'années, je vous aime comme au premier jour, ma tendre et douce Hayeppe. Je donnerais ma vie pour vous, mon amour. En doutez-vous?

- Non, Zebban. Je vous crois, et même plus que lorsque vous n'étiez qu'un jeune prince téméraire, lui murmura-t-elle en bécotant ses oreilles palmées.

- Norma! Simon m'a confirmé qu'il n'était pas avec Dagathan ce soir. Il semblerait qu'ils se soient disputés après le cours d'éducation physique et ils ne se sont pas reparlé depuis.

- Ils se sont disputés à propos de quoi?

- Je n'ai pas trop compris, mais ce que j'ai retenu, c'est qu'il a dit que Dagathan avait fait soixante-dix-sept longueurs en style papillon aujourd'hui.

- Oui, et après!

- Il les a nagées en dix minutes, Norma. L'entraîneur était tellement impressionné de sa performance qu'il lui a demandé de faire partie de l'équipe de natation de l'école!

- Mon Dieu, si ton père apprend ça, il va sauter au plafond. Décidément, cet enfant n'a pas de tête sur les épaules. Il oublie facilement qu'il appartient à un peuple de mammifères marins et qu'il ne doit en aucun cas le laisser paraître de quelque manière que ce soit!

- J'espère que tu n'as pas l'intention de le répéter à mon père?

- Je n'ai pas le choix, mon trésor.

- Je sais, je sais, dit-il tristement en songeant à la colère que cela provoquerait.

Il décida de partir à la recherche de son frère et enfila son vêtement de plongée.

- Où vas-tu? demanda Norma, inquiète.

- Chercher mon frère. Son retard n'est plus normal.

- Fais attention, mon grand, et donne-moi des nouvelles le plus tôt possible.

- Très bien. Garde le dîner au chaud, nous reviendrons sous peu.

Martagol claqua la porte de la *teach*, laissant Norma seule avec ses chaudrons. Il l'entendit derrière lui verrouiller le loquet de l'entrée. Rapidement, il descendit le long escalier qui menait vers la sortie souterraine, onze mètres plus bas. Sur la dernière marche, Martagol s'assit. Il se concentra, prit une grande inspiration et glissa dans l'eau agitée de la rivière des Mille-Îles.

Même si l'eau était froide, il n'en ressentait aucun malaise. Son peuple, les Courtamines, vivait dans un monde parallèle à celui des humains. Ayant évolué différemment depuis la chute de l'énorme boule de feu, cette race de mammifères marins à sang froid pouvait, pendant plusieurs heures consécutives et sans remonter à la surface pour respirer, se mouvoir sous l'eau à de très basses températures. Par contre, les chaleurs torrides de l'été les faisaient terriblement souffrir.

Après quelques brassées qui le menèrent sur la rive opposée de l'île Saint-Jean, Martagol escalada le bord escarpé du barrage de l'île des Moulins. Il retira deux vieilles planches de bois qui recouvraient un trou percé dans la base du barrage où des vêtements secs étaient déposés et jeta des coups d'œil furtifs dans toutes les directions afin de s'assurer qu'il était bien seul. Il revêtit un manteau court et une tuque de laine en ayant d'abord pris soin de se sécher rapidement à l'aide d'une serviette. Il enfila des chaussures de sport et continua son ascension pour atteindre finalement la passerelle du barrage. L'idée était simple : refaire le trajet routinier de la *teach* à l'école en fouillant tous les coins où David aurait pu s'arrêter. Il marcha dans la froideur de la nuit automnale.

Non loin de là, près d'un arbre centenaire, quelqu'un épiait le jeune homme qui marchait sous les lampadaires allumés. Une petite souris blanche juchée sur son épaule lui murmurait des mots à l'oreille.

chapitre 6

Martagol ne perdait pas de temps, sachant très bien que son frère avait une peur bleue de la noirceur. Il avait développé cette phobie, encore tout petit, quand pour plaisanter, Amérodor et Gothère, les fils de la gouvernante Lucy, l'avaient enfermé plus d'une demi-journée à l'intérieur d'une des grottes sous-marines qui servaient d'entrepôt. Depuis ce jour, Norma devait s'assurer de laisser une veilleuse allumée en permanence pour aider Dagathan à s'endormir, sinon il gardait les yeux grand ouverts toute la nuit.

Les rues de la ville étaient presque désertes. Il avançait d'un pas rapide, exaspéré mais inquiet.

- Mais où peut-il bien être, celui-là? Pourtant, ce n'est pas compliqué, après ta retenue, tu reviens à la *teach*. Si jamais je te retrouve à flâner dans les rues où quelque part ailleurs, je te jure que ça va aller très mal pour toi, mon cher frérot, grognait-il entre ses dents.

Parcourant le trajet habituel, il scrutait tous les sombres recoins rencontrés sur son passage. Soudainement, la météo sembla vouloir changer radicalement. Un vent commença à s'élever, soufflant par raffales. La température chutait rapidement. Ce brusque changement atmosphérique fit apparaître un épais brouillard encore plus dense au-dessus des cours d'eau. Les nuages s'accumulèrent et recouvrirent la lune d'un léger voile opaque. Martagol trouva anormal ce brusque changement de température en si peu de temps. Il ne manquerait plus que la première chute de neige survienne ce soir, pensa-t-il en hâtant davantage le pas. Rendu à proximité de l'école, il commança à désespérer. Encore aucune trace de son frère.

- David! David! Si tu m'entends, réponds-moi s'il te plaît! criait Martagol en utilisant le surnom du cadet.

Découragé, il emprunta le long chemin de gravier qui longeait l'école. Il ne restait plus aucune voiture dans le stationnement. Il se rendit jusqu'à l'établissement et sonda toutes les portes, mais en vain, car elles étaient verrouillées. Il n'y avait plus personne. Avec tout ce brouillard qui rendait ses recherches difficiles, il songea que son frère était peut-être déjà rentré à la *teach*. Il avait probablement emprunté un autre chemin, ce qui expliquerait le fait qu'il ne l'ait pas croisé.

Il décida de rebrousser chemin quand un gémissement venant des haies de cèdres le fit s'arrêter. Intrigué, il s'avança prudemment dans cette direction.

- David? Est-ce toi? demanda Martagol.

Un long gémissement émergea de nouveau des haies près de lui. Apeuré, il recula d'un pas, saisit une branche morte et écarta prudemment l'amoncellement de détritus accumulé au bas des haies quand il vit une chose qui ressemblait étrangement à une forme humaine. En s'approchant d'un peu plus près, il fut extrêmement surpris et heureux à la fois de reconnaître son frère.

- David? Mais que fais-tu là? Ne me dis pas que tu as joué à cache-cache avec tes amis et qu'ils ne t'ont pas encore retrouvé? se moqua d'un ton crispé Marc-Alexandre.

Il était confus et ne comprenait pas comment David s'était retrouvé sous les haies. Ce dernier se tordait de douleur et c'est avec le plus grand soin que Marc-Alexandre retourna doucement son frère avant de l'attirer vers lui. À la lueur d'un lampadaire, il remarqua alors le visage ensanglanté de David. Celui-ci comportait de nombreuses ecchymoses et plusieurs plaies ouvertes.

- Oh! Mon Dieu! Comme tu dois souffrir, mon pauvre David! Merde, que s'est-il passé à la fin pour que tu sois aussi amoché?

- Aaaah! Ça, ça me fait mal. Aide-moi à me relever au lieu de rester devant moi comme une momie!

David s'étouffa. Replié sur lui-même, il se tenait le ventre à deux mains pour essayer de calmer cette douleur qui persistait.

- Aïe! J'ai tellement mal, suffoqua-t-il.

- Essaie de ne pas trop parler, petit frère. Ça doit être terriblement douloureux. Où as-tu mal ? demanda-t-il en l'aidant à se relever. David! Mais que t'est-il arrivé?

Martagol était désemparé. La vision de son frère dans cet état le chagrina à un point tel qu'une larme vint mourir sur sa joue rougie par le vent froid de la nuit. Le soutenant tant bien que mal vers les marches du portique de l'école, il réfléchissait à la situation.

- Comment t'es-tu fait ça? Amoché comme tu es, personne n'est passé pour t'aider? Tu parles d'une bande de sans cœur!

- Tu me dis... Ah!... de ne pas trop parler et... et tu n'arrêtes pas de me poser toutes sortes de questions...

- Ouais, c'est vrai. Excuse-moi et viens t'asseoir un peu.

Aidé de son frère, péniblement, David put s'asseoir sur une marche de l'escalier de l'entrée principale.

- Ce n'est rien. J'ai tré... trébuché sur une roche et je suis tom... tombé tête la première sur l'asphalte du stationnement. Je me suis éraflé à quelques endroits, c'est tout, mentit-il tout en respirant avec difficulté tellement il souffrait.

- Mais tu délires, David! Tu ne t'es pas seulement éraflé, tu as presque tout le visage arraché!

- Baisse le ton. Ce n'est pas nécessaire de crier si fort. Je ne suis pas sourd. En plus, j'ai une de ces migraines. Ça fait mal, dit-il en se tenant la tête.

- Tu as dû recevoir tout un choc, David?

- AH! cesse de m'appeler comme ça.

- Comme quoi? Comment veux-tu que je t'appelle, enfin?

- Da... Daga, essaya de prononcer le jeune frère en s'effondrant sur le pavé.

- Davi...

Martagol ravala ses dernières paroles. Il regarda aux alentours, ne remarqua personne dans les environs et reprit.

- Dagathan! Dagathan! Eh! Ce n'est pas le moment de dormir. Allez, secoue-toi un peu. Nous sommes loin d'être chez nous. Fais un effort, bon sang. Allez!

- Quoi? Qu'est-ce qu'il y a? dit-il en reprenant conscience. Comment m'as-tu appelé?

- Par ton nom, *mo dhearthàir*. Dagathan, reprit l'aîné qui serrait si fort son benjamin que celui-ci en gémit de douleur.

- Ah! que c'est bon d'entendre son véritable nom. N'est-ce pas, Martagol, mon frère, chuchota Dagathan.

- Tu as bien raison, dit Martagol en berçant son frère. Il faut tout de même faire attention. Souviens-toi que nous n'avons pas le droit d'utiliser nos vrais noms dans le monde des humains.

- Oui, bien sûr. Mais chaque fois que j'entends « David », ce nom stupide, j'ai l'impression d'être une autre personne. On dirait qu'il ne s'agit pas de moi et je déteste ça. Aïe! mon ventre, j'ai vraiment très mal...

- Bon, écoute, je t'appellerai comme tu voudras si tu m'expliques ce qui t'est arrivé.

- D'accord. Tu connais le gang à Corneau?

- Oui, ils sont tous les trois dans ma classe. Pourquoi?

- Et bien, pour tout te dire, ces temps-ci, j'ai quelques petits problèmes avec eux. Depuis le premier jour de mon entrée au secondaire, Corneau me harcèle. Au début, je n'y faisais pas vraiment attention lorsqu'il m'importunait avec ses deux chiens de poche, mais plus le temps passait, plus la situation empirait. Jusqu'au jour où il a exigé que je lui remette une certaine somme d'argent tous les mois. Normalement, je la lui remets toujours à temps, mais ce matin, lorsque je suis parti de la *teach*, il n'y avait plus d'argent dans le pot à biscuits.

- Ce qui peut expliquer ton retard à l'école, affirma Martagol qui remarqua que les plaies au visage de son frère commençaient à sécher et lui donnaient un air un peu dégoutant.

- Tu sais, quand ça a commencé, il n'était question que d'effets scolaires qu'il m'empruntait sans jamais me les rendre. Je me disais que ce n'était pas plus grave que ça, mais maintenant, c'est rendu trop loin, dit-il les yeux pleins de larmes.

- Pourquoi ne m'en as-tu pas parlé? Je m'en serais occupé, tu sais.

- Je ne voulais pas, car justement, je savais que tu me défendrais. Je déteste quand tu fais ça, et après tout, je peux régler mes problèmes tout seul.

Dagathan marqua une pause et déposa sa tête sur l'épaule de son frère aîné et pleura. Martagol le serra contre lui.

- Je peux comprendre, Dagathan, mais il aurait quand même fallu que tu m'en parles plus tôt. Il me semblait aussi qu'il y avait de moins en moins d'argent dans le pot, mais je me disais que Norma devait en avoir plus besoin qu'à l'accoutumée. Tu parles d'un lâche, en plus de te harceler, il se venge en t'administrant une raclée parce que tu n'as pas pu le payer à temps. T'a-t-il fait autre chose, cette ordure?

- Non, mais ne crois-tu pas que ça suffit? J'en ai eu assez comme ça, sanglota-t-il.

- Bien sûr et je te jure que je vais y voir, reprit Martagol, une lueur de rage dans les yeux, blessé de voir son jeune frère dans cet état pitoyable.

- Ah! non! Je ne veux surtout pas que tu t'en prennes à eux. Ils sauront que je me suis plaint à toi et ça va être pire. HEU! HEU! toussota Dagathan. Je ne veux pas, tu m'entends?

- Bon, bon. On verra. Y a-t-il autre chose que je devrais savoir?

- J'essaie de me souvenir des événements précédents, mais ce n'est pas très clair. Je pense qu'une fille était avec eux. Enfin, je crois que c'était une fille. Non, je... je ne me souviens plus très, très bien, dit-il en cherchant dans sa mémoire.

- Qu'est-ce qui t'arrive, Dagathan? Tantôt, tu semblais bien te rappeler de tout et maintenant, tu ne peux même plus te rappeler si c'était une fille qui était avec Corneau?

Les paupières de Dagathan commençaient à se fermer tranquillement. Martagol lui répétait sans cesse de ne pas s'endormir et le secouait doucement en tapotant son visage pour le maintenir éveillé. Il savait que cela pouvait être dangereux pour un blessé qui n'est pas soigné à temps à temps de s'endormir pour un long moment. Il sentait que son frère était à bout de forces, mais il continua de le questionner.

- Qui était la fille, Dagathan? Regarde-moi et réponds!

Dagathan essayait très fort de se souvenir, mais le coup qu'il avait reçu sur la tête lui avait fait perdre certains détails de son agression, comme s'il était victime d'une amnésie partielle.

- Han! Ah! oui. Je me souviens qu'elle portait de grosses bagues aux doigts, dit-il dans un effort. Maintenant, si tu veux, j'aimerais rentrer à la maison. Je ne me sens pas très bien et...

- Te souviens-tu d'autres particularités? demanda Martagol.

- Non, je crois que c'est tout, dit-il, la tête lourde. Allez, Martagol, on s'en va.

- Et quoi encore? Dagathan? Il faut que tu parles. Et quoi encore?

Malgré tous les efforts de Martagol pour le maintenir éveillé, Dagathan perdit conscience.

Martagol, très inquiet, souleva Dagathan et le déposa sur son épaule. Il devait le ramener à la *teach* le plus vite possible. Norma saurait ce qu'il fallait faire. Il lui sembla être à des kilomètres de chez lui. Arrivé à la passerelle du barrage, épuisé, il s'agrippa solidement aux barreaux de l'échelle qui les mènerait à l'endroit où étaient dissimulés leurs vêtements de plongée pour se glisser sous l'eau. Martagol déposa avec mille précautions son petit frère sur le sol et changea de vêtements. Il ne jugea pas nécessaire de dévêtir Dagathan puisqu'il ne connaissait pas la gravité de ses blessures. Il aurait aimé transporter les effets scolaires de son frère, mais il préférait se concentrer sur son transport. Cela pouvait bien attendre, après tout. Il n'aurait qu'à rapporter le sac à dos hermétique en même temps que les vêtements de rechange pour la semaine. Ce n'était pas le moment de se surcharger.

- Dagathan! Dagathan! Écoute-moi bien, lui dit-il. Tu vas mettre tes bras autour de mon cou et je vais nager jusqu'à l'autre rive, ensuite, nous plongerons. Tu m'entends, Dagathan?

Ne recevant aucune réponse, il n'eut d'autre choix que de se débrouiller seul.

Les Courtamines étaient d'excellents nageurs. Dès les premiers signes de l'éclosion des œufs, les parents devaient les submerger dans l'eau afin que les nouveau-nés naissent sans subir de choc postnatal. Nager était, en quelque sorte, une seconde nature, mais avec un tel poids sur le dos, c'était un peu plus ardu.

Il nagea difficilement jusqu'à l'autre rive. « Heureusement que la rivière est recouverte d'un épais brouillard, car des passants pourraient tenter de nous aider, croyant que nous sommes en train de nous noyer », songea-t-il. Il fallut alors plonger pour rejoindre l'embouchure de la cave. Son frère toujours inconscient, Martagol décida que, de son bras gauche, il le maintiendrait fermement et que les doigts de sa main droite, largement écartés, pourraient couvrir le nez et la bouche de Dagathan afin que l'eau ne pénètre pas par les orifices. Bien qu'ils soient des mammifères marins, ils devaient quand même retenir leur respiration sous l'eau. Sans perdre de temps, il plongea.

Après un court moment qui lui parut une éternité, il sortit enfin la tête de l'eau et arriva à l'escalier qui menait à la *teach*. Martagol s'arrêta quelques minutes pour reprendre son souffle et vérifia si son frère respirait encore. Il avait réussi, son plan avait fonctionné.

Utilisant ses dernières forces, Martagol souleva Dagathan et commença à gravir les marches une à une. Il sentit ses forces l'abandonner plus d'une fois. « Comment va réagir Norma quand elle va le voir dans cet état ? » se demandait-il. Il connaissait sa nounou et elle aurait sûrement une crise de nerfs.

Arrivé tout en haut, à bout de souffle et le cœur battant la chamade, Martagol portait toujours son frère dans ses bras. Il frappa à la porte avec ses pieds. À l'intérieur, Norma se précipita et l'ouvrit d'un coup sec.

- MON DIEU! Que lui est-il arrivé? s'écria-t-elle en voyant le corps inanimé de Dagathan dans les bras de son frère aîné.

- C'est une longue histoire, mais je dois d'abord le déposer quelque part, je n'ai plus de forces.

- D'accord, d'accord. Dépose-le sur le fauteuil, enlève-lui ses vêtements et couvre-le, je reviens immédiatement, déclara-t-elle en se dirigeant vers la salle des jardins d'eau où se trouvait le nécessaire d'infirmerie.

Elle en revint les bras chargés de pansements et de crèmes. Martagol, agenouillé près de Dagathan, les yeux fermés et les mains jointes, chantait tout doucement. Norma reconnut l'air du chant de guérison des Courtamines et cela l'émut.

- Allez, pousse-toi un peu, lui dit-elle en le regardant tendrement. Pendant que je soigne ton frère, tu me racontes ce qui s'est passé.

La nounou s'affairait autour du plus jeune et nettoyait, de ses mains expérimentées, les blessures de son visage tuméfié. Martagol observait cette dame habile et lui répéta en détail le récit de son cadet.

- Tu parles d'une bande de sauvages! Ils ne s'en tireront pas comme ça. Je te le jure.

- Laisse tomber, Norma. Ne te mêle pas de ça. Déjà qu'il ne voulait pas m'en parler de crainte que je m'en occupe! Il n'a pas besoin que sa nounou aille le défendre en plus. Il a son orgueil, tu sais.

- Mon Dieu! Pauvre petit. Que dirais-tu d'aller le porter dans son lit pour qu'il soit plus à l'aise?

- Tu as raison. Je vais le transporter.

Norma sur ses talons, il porta son frère jusqu'à sa chambre et le déposa sur son lit. Elle couvrit Dagathan et l'embrassa sur le front. Voyant l'air inquiet de Martagol, elle le rassura sur l'état de santé de son frère et lui promit, malgré ses craintes, qu'il serait vite sur pieds.

- Tu dois être fatigué et en plus, tu es tout trempé. Va te changer et ensuite viens à la cuisine, j'ai gardé le repas au chaud sur la cuisinière.

- Non merci, je n'ai pas très faim. Si cela ne te dérange pas, je vais rester un peu près de lui.

- Comme tu voudras, mais si tu as un petit creux, tu me fais signe. Je serai dans la cuisine.

L'aîné s'approcha de son frère.

- J'espère que demain tu iras mieux, petit frère, lui murmura-t-il à l'oreille. Je suis très inquiet pour toi, tu sais. Veux-tu que je te raconte une histoire comme lorsque tu étais encore dans ton œuf? Tu es déjà au pays des sirènes, je le sais, mais cela me ferait plaisir. Je me sentirai moins coupable de t'avoir abandonné cet après-midi.

Le grand frère s'assit par terre près du lit, les bras autour de ses genous fléchis, et il commença à raconter l'histoire du calmar maudit, un conte que Dagathan appréciait tout particulièrement à cause de la sirène mal-aimée.

Tout en racontant ce merveilleux conte, l'esprit de Martagol vagabondait. Il se demandait qui pouvait être la fille avec Corneau. Dagathan n'avait rien décrit d'elle qui permettait vraiment de l'identifier, à part qu'elle avait de grosses bagues aux doigts. Il se promit de faire toute la lumière sur cette histoire. Bientôt. Très bientôt.

chapitre 7

La pauvre jeune fille s'écrasa tête la première sur l'arbre dressé derrière elle. Le feuillage qui la recouvrait en guise de vêtements passa radicalement au blanc, couleur de l'effroi. Sous les rires sadiques des deux cavaliers aux casques cornus, elle s'effondra au pied de l'arbre. Tentant difficilement de se relever, elle vit l'horreur devant elle. Son village était attaqué par une horde de sauvages sanguinaires qui mettaient tout à feu et à sang sur leur passage. Les villageois étaient frappés à coups de massues et traînés de force dans les huttes que les barbares brûlaient aussitôt les portes bloquées. D'autres essayaient de se sauver avec leur famille, mais ils étaient vite rattrapés par les sauvages qui les abattaient sur-le-champ, laissant leurs corps sans vie aux charognards affamés qui rôdaient déjà près du copieux festin.

Les femmes et les enfants étaient tous transportés contre leur gré dans de larges fourgons en bois tirés par des chevaux. Les portes étaient fermées à l'aide d'énormes barres d'acier placées en travers. Enchaînés aux mains et aux pieds, il leur était impossible de s'enfuir. Les boulets accrochés aux chaînes étaient beaucoup trop lourds pour être soulevés. Dans leurs yeux, on pouvait lire l'horreur. Désespérés, certains villageois se lançaient, tête baissée, vers leurs assaillants avec comme seules armes des fourches et des pierres. Tous périrent en voulant sauver leur village.

La jeune fille regardait ce massacre sans dire mot. Elle n'avait plus assez d'énergie ni de courage pour défendre son village.

Les anciens disaient que lorsque la grande faucheuse, que certains nomment la mort, vous guide vers votre dernière aventure, votre vie se déroule sous vos yeux en l'espace d'un éclair. Maintenant, la jeune demoiselle comprenait vraiment tout le sens de cette maxime. Ses derniers instants sur cette terre qu'elle aimait tant étaient bel et bien arrivés. Au printemps de son existence, elle rendrait son âme à ses aïeux, à peine quelques années avant d'être enfin en âge de se marier. Un vœu qu'elle ne pouvait même plus chérir, puisqu'elle venait d'apercevoir Cyprès, son amoureux, se faire transpercer et s'effondrer à quelques mètres d'elle. Rien, il n'y avait plus rien à faire.

- Alors petite sotte, tu vas nous dire où il est, hein! cracha l'horrible cavalier qui gifla sauvagement la jeune fille.

- Vous pouvez aller vous faire voir chez les Lamtrèks, ordures!

Cette fois, son feuillage se froissa d'horreur et passa au rouge vif, traduisant la rage profonde qui l'habitait. L'homme s'accroupit à ses côtés et enleva son casque. La fille eut un mouvement de recul en remarquant que les cornes étaient fixées sur la tête du sauvage.

- Ah! oui. *Quand tu nous auras dit où tu la caches, les Lamtrèks seront sûrement très contents de nous voir leur rapporter l'objet pour le compte de leur seigneur. Mais pour toi, lorque nous te remettrons à eux, je ne suis pas certain qu'ils vont apprécier ta présence sur leur terre,* se moqua le mercenaire qui leva le bras pour la gifler de nouveau.

La fille tomba durement sur le sol. L'homme se pencha vers elle, et approcha sa figure machiavélique à quelques centimètres de celle de sa proie affolée. Un filet de bave jaunâtre coulait sur le bord de ses lèvres entrouvertes, laissant entrevoir des dents cariées derrière une haleine d'œufs pourris.

- *On t'a déjà parlé des Lamtrèks, n'est-ce pas? Ces immondes personnages qui parcourent les plaines des mondes en volant. Ce sont des voleurs d'âmes qui se nourrissent de l'essence vitale de leurs victimes et qui les emprisonnent à jamais sous leurs membranes ailées. Nul être ne peut y échapper. Quand ils s'approcheront de ta bouche et aspireront ton esprit et ton âme, ils connaîtront tout de toi, même tes secrets les mieux gardés. Tu vivras en eux pour toujours.*

- *ARRÊTEZ!* cria un cavalier d'une grande stature, visiblement choqué de l'attitude de l'homme. *Emmenez la fille au camp que nos soldats ont installé près de la rivière. Le général Wenfub désire s'entretenir avec elle.*

- *Mais mon seigneur, nous étions justement en train de lui faire cracher le secret qu'elle détient.*

- *Ça suffit, bougres d'ignares. Ce n'est pas de cette façon que vous y arriverez. Allez, faites ce que je vous dis, sinon vous serez châtiés comme tous ces villageois qui ont tenté de s'opposer à la grandeur de notre général Wenfub.*

Sans ménagement, les deux cavaliers escortèrent la jeune victime qui tentait toujours de se libérer de ses agresseurs. Traversant le village en traînant les pieds pour ralentir la marche, elle vit de plus près la souffrance des habitants. Un semblant d'accalmie planait sur le champ de bataille. On pouvait entendre des cris parmi le crépitement des huttes enflammées qui s'effondraient sous les charpentes affaiblies. Elle avançait avec méfiance vers l'énorme chapiteau que les soldats avaient adroitement hissé en quelques minutes seulement. Au sommet de la tente octogonale aux rayures rouges et noires se dressait un fanion à l'effigie des envahisseurs qui imposait le respect : deux bêtes à cornes s'affrontant en duel.

La jeune fille fut poussée sans retenue à l'intérieur de l'enceinte par les deux colosses au crâne rasé qui gardaient l'entrée. Ne pouvant se retenir, elle trébucha et tomba. Orgueilleuse, elle tenta de se relever malgré le peu d'énergie qui lui restait, mais elle fut maintenue de force, face contre terre.

– Ne bouge plus, esclave, et soumets-toi à tes maîtres!

– Lâchez-moi, sauvages! Ah! cria-t-elle en recevant un coup de bâton dans les côtes.

– Tais-toi, sale gamine, et ne réponds qu'aux questions qui te sont posées, cria le garde si près de son visage que son haleine fétide la força à retenir sa respiration.

- *Alors, où en sommes-nous, Améthys? demanda une voix grave et forte.*

- *Vous connaissez mon nom? reprit-elle en prenant bien soin de garder la tête baissée.*

- *J'en connais beaucoup sur toi et ton peuple. Vous, les Swarff, avez fait le choix il y a fort longtemps de vous retirer dans la forêt loin des regards des autres peuples, sous prétexte que vous désiriez vivre en harmonie avec la nature. Mais à force de vous y cacher, vous avez fini par lui ressembler. Votre visage s'est étrangement modifié au fil des siècles. Vous n'avez plus de bouche, ni d'yeux, seulement de légers traits fins qui façonnent votre apparence. On peut quand même vous comprendre et vous pouvez malgré tout nous voir, car le vent transporte les sons et votre pensée, les images. Dès votre naissance, votre corps se recouvre de feuilles qui vous revêtent en fonction de votre sexe. Tout au long de votre misérable vie, ces feuilles qui vous habillent ainsi que votre chevelure changent de couleurs au fil des saisons et de vos émotions.*

L'homme prit une pause afin de sonder son adversaire qui ne semblait pas broncher à la description de son peuple.

- *Je sais aussi que ton peuple est beaucoup trop pacifique pour pouvoir contrer les menaces externes, mais j'ignore pourquoi, dès ta venue dans ce monde, la tâche de cacher l'objet au péril de ta vie te fut confiée par tes ancêtres, reprit-il.*

Il remarqua le haussement d'épaules de la jeune fille et les feuilles qui avaient pris une couleur beaucoup plus pâle. Il réalisa que sa ruse avait eu un impact sur la jeune fille qui n'avait aucun moyen de dissimuler ses émotions.

- J'espère que tu ne crois pas à toutes les sottises que les tiens t'ont racontées au sujet de l'objet! Ne m'oblige pas à anéantir ton existence pour si peu... Alors, je ne le demanderai qu'une seule fois. Où est-il?

- Pourquoi faites-vous ça... Ah! hurla-t-elle de souffrance en encaissant un autre coup de bâton du garde.

- RÉPONDS! s'époumona le barbare.

- Jamais vous ne le saurez. JAMAIS! Même si vous me torturez, je ne dirai rien jusqu'à mon dernier souffle!

- Hum! Tu sembles avoir beaucoup de caractère, dit Wenfub qui leva la main pour arrêter son garde, qui s'apprêtait à corriger de nouveau la jeune fille. Lève ton visage que je puisse t'admirer.

La fille s'exécuta et leva doucement la tête. Elle fut stupéfaite à la vue de tant de richesses à l'intérieur de la tente. De somptueux chandeliers à huit branches éclairaient l'endroit, droits comme des gardes sur des tables en macassar. Les chaises à l'emblème des deux bêtes à cornes qu'elle avait aperçues sur la bannière de l'entrée étaient sculptées dans du bois de rose et ornées de perles noires. Elle remarqua près des longs rideaux de soie rouge et noir attachés aux structures d'acier qui stabilisaient le chapiteau et qui descendaient jusqu'à terre de gigantesques vases en porcelaine. Ceux-ci arboraient sur leur ventre gonflé des scènes de combat démontrant toute la puissance et la férocité de ce peuple de conquérants. Dans un coin, des sacs de jute grand ouverts étaient remplis de têtes coupées dont le regard était figé par l'horreur. Elle crut vomir en reconnaissant certains de ses amis.

Il ne manquait rien. Dans cet effroyable endroit où se côtoyaient richesses et malheurs, tout y était afin qu'un nombre important de personnes puissent vivre aisément. À la vue de toutes ces victuailles, on pouvait croire que l'armée assiégerait pour longtemps ce petit village sans importance.

Plusieurs conseillers se tenaient debout devant elle et portaient des regards inquisiteurs sur ses moindres gestes. Bien assis sur son trône, l'homme tentait, encore une fois, de la sonder. Les yeux sombres de l'individu la fixaient avec froideur. Son visage à lui seul pouvait glacer le sang de ses ennemis. Redoutable adversaire sur les champs de bataille, il accumulait les victoires ainsi que de nombreuses blessures, comme cette longue cicatrice qui partait du haut de son front et se terminait à la base du menton. Au cours d'un combat, son adversaire avait réussi, avant de rendre l'âme, à le marquer à jamais en lui crevant l'œil gauche de son épée. Sa poitrine était protégée d'un plastron doré et décoré, au centre, de deux bêtes cornues s'affrontant. Sa tête était coiffée d'un casque à deux cornes torsadées en ivoire. Il perçut le trouble qu'il provoquait chez la jeune fille. Cela ne l'empêcha pas de la dévisager longuement, comme un fauve qui attendait sa proie.

- Comme tu es belle, dit-il en surprenant la jeune fille. Même dans ce tas de feuilles qui te couvre, tu es divine. Quelle beauté sauvage! Tu aurais pu faire une très grande reine si ton père n'avait pas été aussi têtu.

- Mon père a très bien agi en me refusant à un monarque sanguinaire tel que votre maître. Je préfère mourir plutôt que de devenir sa servante.

- Il est vrai qu'il n'est pas très aimable avec les demoiselles. Il aurait été dommage qu'il abîme une telle œuvre d'art avec ses mains de rustre. Ton père t'a transmis son audace légendaire, comme je peux le constater. Tu me sembles avoir beaucoup de caractère.

Il tendit la main et, aussitôt, un homme vêtu d'une longue robe blanche lui offrit une coupe de vin en or massif. Il l'approcha aussitôt de ses lèvres charnues en ne cessant de regarder la jeune fille. Il se leva de son trône et descendit de son podium pour s'approcher d'elle.

- Tu n'es pas très coopérative. Je crois que j'obtiendrais de plus grands résultats si je posais mes questions à d'autres personnes que toi, dit-il en se levant. Apportez les filles, lieutenant Kenby.

L'homme qui était venu à la rescousse d'Améthys arriva, accompagné de deux jeunes filles enchaînées. Le regard perçant du lieutenant et son port altier ne parvenaient pas à masquer son dégoût pour ce genre de mission. Devenu soldat malgré lui, il préférait la négociation à la guerre. Mais il devait faire son devoir, même si cela lui répugnait. Parvenu aux côtés d'Améthys, il se prosterna devant le général Wenfub.

- Voici les deux jeunes demoiselles, mon seigneur.

- Si je ne m'abuse, Améthys, ce sont tes deux jeunes sœurs, Amamélys et Fleurdelys, n'est-ce pas?

- Laissez-les, elles ne savent absolument rien.

Le cœur de l'aînée battait très fort et des gouttelettes de sueur perlaient sur son front. Elle remarqua le sourire malin du général, fier du trouble qu'il provoquait. Le regard apeuré de ses sœurs la fit déglutir de plus belle. Elle avait envie de vomir, mais elle devait rester forte devant elles pour ne pas les effrayer davantage.

- Je crois que tu les aimes beaucoup. Tu ne voudrais certainement pas qu'il leur arrive malheur, dit-il.

Il caressa le visage de la plus jeune et sourit à Améthys pour l'amadouer. Mais la jeune fille n'était pas dupe. En comparaison à la barbarie des soldats, dont elle avait été témoin, le geste d'empathie du général ne pouvait rien laisser présager de bon.

- Laissez-les partir! Elles ne savent rien. Elles ne peuvent vous aider dans votre quête. Elles vous seront inutiles. Laissez-les tranquilles, par pitié!

- Bien sûr, comme tu voudras, mais avant, il faut que tu m'indiques l'endroit où il se trouve.

Améthys était déchirée. Elle était confrontée à un pénible dilemme. Elle devait choisir entre l'amour qu'elle portait à ses petites sœurs et briser le secret qui lui avait été confié jadis, avant même sa naissance, par les anciens. Incapable de choisir qui trahir, elle s'inclina devant son destin, baissant la tête, impuissante. Ses sœurs, qui captèrent son désarroi, firent de même en guise de soumission. Face à leur sort, les feuilles qui les couvraient se racornirent et prirent une teinte grisâtre.

- Je vois, dit Wenfub qui retourna lentement vers son trône, le regard dur et les yeux injectés de sang. Emmenez-les, ordonna-t-il avec rage.

- *Non! cria Améthys.*

- NON! NON! NON! répétait Dagathan en nage, sur son lit.

- Quoi? Qu'est-ce qu'il y a? Que se passe-t-il, mon étoile de mer? s'écria la tendre nounou qui pénétra à toute vitesse dans la chambre du garçon.

Elle le vit se débattre sous les couvertures en essayant de déchirer ses oreillers. Elle le prit par les épaules et le secoua légèrement pour le sortir de son cauchemar.

- Dagathan! Dagathan! Réveille-toi, c'est moi, Norma, ta nounou chérie. Il faut que tu reviennes, allez, réveille-toi, mon petit corail, dit-elle en le secouant.

- NON! NON! NON! Il ne faut pas qu'il leur fasse du mal. Elles ne savent rien, continuait-il les yeux fermés, encore très agité.

- Dagathan! ARRÊTE!

Les dernières paroles, répétées avec fermeté par Norma, sortirent le garçon de sa torpeur. Il ouvrit les yeux. Comme le sourire de Norma était tendre! Elle lui ouvrit les bras. Dagathan se fit tout petit et se blottit contre la poitrine généreuse de sa nounou. C'est alors qu'il laissa le chagrin l'envahir. Ses sanglots étaient déchirants. Norma le réconfortait du mieux qu'elle le pouvait et cela lui fit un bien immense. Peu à peu, il se calma et cessa de pleurer. Norma déposa la tête du garçon sur l'oreiller.

- Ça va mieux maintenant, mon petit nénuphar des marais? demanda-t-elle en caressant son visage avec beaucoup de tendresse.

- Oui, Norma. Ça va mieux.

- Repose-toi un peu. Est-ce que tes blessures te font souffrir?

- Un peu, mais ça s'endure.

- Dans quelques jours, tu seras mieux et tu pourras retourner à l'école.

- AH! Non. Je ne veux plus y aller, à cette école de sauvages, dit-il en tournant sa tête vers le mur.

- Oui, bon. Je comprends. On verra plus tard, reprit-elle en lui frottant le dos pour le calmer.

- Norma?

- Oui, mon garçon.

- J'ai fait un drôle de rêve, dit-il en s'asseyant de peine et de misère sur son lit.

- Je crois qu'il était très mauvais, si je me fie à l'état dans lequel tu étais à ton réveil.

- Ouais! Tu peux le dire. Ce n'est pas simplement le rêve qui m'angoisse, mais plutôt… Comment dire? C'est comme la suite d'un autre rêve que j'ai déjà fait.

- Je ne comprends pas très bien, dit-elle. Explique-toi.

- Quand j'étais dans le bureau de notre chère directrice un peu trop sévère à mon goût, j'étais...

- Madame Frappier est sévère parce qu'elle a des élèves très agités, sermonna-t-elle. Reste poli, s'il te plaît, même si tu ne l'apprécies guère.

- Ouais! Donc, quand j'étais dans son bureau, je me suis assoupi. C'est là que j'ai rêvé à une fille qui courait. Elle était poursuivie par deux hommes à cheval qui ont réussi à l'attraper. Là, je me suis réveillé. Maintenant, j'ai rêvé de nouveau à cette jeune fille, et bizarrement, c'était la suite de mon rêve. Comme si on avait pesé sur la touche « pause » lorsqu'on écoute un film.

- Hum! En effet, c'est étrange. Connaissais-tu la jeune fille?

- Non, pas du tout.

- Dans ton rêve, as-tu su la raison pour laquelle les cavaliers s'en prenaient à elle?

- Pas vraiment. Ils l'ont emmenée dans une sorte de grande tente où il y avait un général qui n'arrêtait pas de lui demander : « Où est-il, tu vas répondre, où est-il? »

- Bon, bon. Calme-toi. Arrête de t'énerver. Recouche-toi et essaie de te reposer un peu pendant que je te prépare une bonne soupe aux fruits de mer, dit-elle en le bordant. Ça, ça va te redonner des forces.

- Hum! Ça va être bon. J'ai si faim.

- Pas surprenant. Tu n'as rien pris depuis presque deux jours.

- Quoi? fit-il, surpris. Deux jours? Comment ça, deux jours?

- Oui, oui. Tu dors depuis exactement, hum, presque quarante-deux heures, reprit-elle en regardant sa montre. Allez, ce ne sera pas très long. Repose-toi encore un peu et quand le souper sera prêt, je viendrai te chercher.

- Norma?

- Oui, ma perchaude?

- La jeune fille avait deux sœurs avec elle et… et…

- Et quoi?

- Elles étaient sans yeux et sans bouche, mais pourtant, je pouvais les entendre. Bizarre, hein!?

- Oui! Très bizarre, balbutia la nounou.

- Elles étaient aussi très belles.

Dagathan avait un peu rougi en prononçant ces mots, sous le regard amusé de Norma.

- Bon, maintenant je dois y aller, si tu veux manger. Je ne serai pas loin.

Elle ferma la porte de la chambre. Tracassée, elle alla vers la cuisine d'un pas lent mais ferme.

- Wenfub!! siffla-t-elle entre ses dents.

chapitre 8

Martagol revenait de l'école après une journée plutôt calme. Il avait répondu à une multitude de questions posées par les policiers pour faire avancer l'enquête sur l'agression sur son frère, il avait pu réfléchir longuement à la tragédie, en repassant chaque détail dans son esprit à plusieurs reprises. Chaque fois, cela soulevait de la rage en lui. Il marchait avec nonchalance sur le trottoir, longea le centre d'achats et aperçut, non loin du dépanneur, une cabine téléphonique. Il fouilla dans la poche de son jeans et prit une pièce de vingt-cinq cents. Il entra dans la cabine, décrocha le combiné et inséra la pièce de monnaie dans la petite fente. Il composa le numéro de la *teach*. Plusieurs coups retentirent avant que la nounou ne décroche.

- Allô!?

- Salut Norma. Ça va?

- Ah! Martagol! Je vais bien, mais toi, comment se fait-il que tu ne sois pas encore rentré? J'espère qu'il ne t'est rien arrivé de grave à toi aussi?

- Non, non. Ne t'inquiète pas, Norma, tout va très bien. Je passais devant le dépanneur et je me suis dit que tu avais peut-être besoin de quelque chose comme du lait ou du pain.

- Non, mon grand. J'ai tout ce qu'il me faut.

- Et comment va mon frère?

- Il se réveille à l'instant.

- Ah! oui. Bon! Tant mieux. Est-ce qu'il voudrait que je lui rapporte quelque chose en particulier pour le réconforter, comme un paquet de réglisses, un sac de croustilles...

- Attends, je vais lui demander.

- D'accord, Norma.

Elle se dirigea vers le salon où se reposait maintenant Dagathan, étendu confortablement sur l'immense divan qui meublait toute la pièce. Il écoutait attentivement son émission favorite, *Coroner*.

- Norma! Parfois je ne comprends pas le monde qui brutalise les autres juste pour le plaisir. On dirait qu'ils ne savent pas comment passer leur temps, dit-il en pointant du doigt la télévision qui projetait des images d'une tragédie survenue dans le Vieux-Québec.

- Non, moi non plus je ne comprends pas, mais je n'ai pas le temps de parler d'homicide avec toi. Ton frère est au téléphone et il aimerait savoir si tu veux une friandise à grignoter. Je crois qu'il veut te faire plaisir.

- Martagol est au téléphone?!! Attends, je veux lui parler!

Il se leva comme une flèche et prit le combiné.

- Martagol?!!!

- Oui, c'est moi. Comment vas-tu, petit frère? Te sens-tu mieux?

- Ouais, pas trop mal. Malgré l'espèce de grosse ecchymose autour de mon œil et une bonne cicatrice sur le côté droit du visage, je ne vais pas trop mal. Quand je me suis levé, j'ai eu un peu peur en me voyant dans le miroir. Ce n'est pas très joli. Mais Norma dit de ne pas trop m'en faire parce que tout rentrera dans l'ordre avec le temps. Il paraît que les filles aiment beaucoup les gars avec des cicatrices, mentionna-t-il en chuchotant.

Martagol se mit à rire de bon cœur avant de continuer.

- Je suis content d'entendre le son de ta voix. Bon, revenons à nos moutons. Je m'apprêtais à rendre visite aux Valiquette, au dépanneur. Veux-tu que je t'achète une gâterie?

- Oui, ça serait gentil. J'aimerais avoir une tablette de chocolat, s'il te plaît. Tu sais, celle avec du riz croustillant à l'intérieur.

- O.K. Dis à Norma que je serai à la maison dans une quinzaine de minutes.

- D'accord. À plus tard, frérot. Je suis content que tu aies appelé.

- Allez, à tantôt.

L'aîné raccrocha et eut un petit sourire de soulagement. Se dirigeant vers le dépanneur, en face du centre d'achats, il repensa à la conversation entre lui et son frère, quelques jours plus tôt. Avant que tout cela n'arrive à Dagathan.

Il se rappela qu'il voulait l'entretenir de cette étrange histoire survenue dans le bureau de la directrice. L'évènement était-il relié à son agression ou voulait-il tout simplement se moquer de la directrice? Il se promit de le lui demander, une fois rentré chez lui.

Poussant la porte vitrée qui secoua la petite cloche à l'entrée du dépanneur, il pénétra dans l'étroite pièce en saluant l'homme au comptoir. Court, un large bedon, le crâne légèrement dégarni, ne portant qu'une couronne de cheveux gris derrière la tête, il déposa une caisse de boissons gazeuses et prit le temps d'essuyer ses mains sur son vieux tablier, anciennement blanc, afin de secouer énergiquement la main de son client. Le jeune homme connaissait bien le propriétaire. C'était le père de son ami Zacharie.

- Bonjour, mon garçon. Ça fait longtemps que je ne t'ai pas vu. Tu ne viens plus au magasin ni à la maison. Que se passe-t-il? Es-tu en chicane avec Zack?

- Non, non, monsieur Valiquette. Tout va très bien avec Zacharie, c'est juste que j'ai beaucoup d'obligations ces temps-ci et, malheureusement, je n'ai plus vraiment de temps pour mes amis. Mon frère a eu quelques problèmes à l'école et il a fallu que je m'en occupe. Justement, c'est pour lui que je suis venu. Il avait le goût d'une tablette de chocolat, répondit-il en déposant la barre sur le comptoir.

- Oui, oui, Zacharie m'a parlé de ce qui lui est arrivé. Il s'est fait tabasser, n'est-ce pas? C'est horrible, ce qui se passe de nos jours. Nos jeunes ne sont plus en sécurité même lorsque qu'on le croit. C'est inouï, disait-il en se grattant la tête, l'air dépité.

- Oui, et je vous jure qu'ils ne l'ont pas manqué.

- Mon fils m'a dit que c'était le gang à Corneau. D'habitude, ils font juste taquiner un peu les plus petits, mais là, ils ont poussé le bouchon un peu trop loin. J'espère que vous avez porté plainte.

- Non, pas vraiment! Mon frère ne veut surtout pas qu'on s'en mêle. Mais si je ne me retenais pas, je peux vous dire qu'ils passeraient un mauvais quart d'heure.

Une petite femme toute menue aux lunettes excentriques à larges montures rouges sortit de la salle des employés en gesticulant. Reconnaissant la voix du garçon, la mère de Zacharie avait laissé ses occupations pour venir aux informations.

- Bonjour, mon grand, dit-elle, la voix chantante.

- Ah! Bonjour, madame Valiquette, vous allez bien?

- Oui, très bien, merci. J'ai entendu dire que ton frère s'était fait agressé. Pauvre petit chou. Est-ce qu'il va mieux maintenant? questionna-t-elle en s'approchant et en lui collant deux gros baisers humides sur les joues.

- Un peu mieux, oui. Je viens tout juste de lui parler au téléphone et à sa façon de converser, je crois qu'il a retrouvé ses esprits, reprit l'adolescent qui s'essuyait discrètement les joues pour ne pas offenser la mère de son ami.

- Je suis tellement contente pour lui. Vous deviez être très inquiets? Ça aurait pu dégénérer, tu sais. Le pauvre petit aurait pu y laisser sa peau, mais, par chance, ce n'est pas arrivé, Dieu merci. Et toi, comment te sens-tu malgré tout ces évènements?

- Je suis un peu bouleversé. Quand je l'ai trouvé dans les haies, il n'était pas reconnaissable. Son visage affichait plusieurs blessures qui saignaient et il ne pouvait plus marcher.

- Mais pourquoi ont-ils fait ça? C'est tellement un bon petit garçon, jamais un mot plus haut que l'autre, coupa madame Valiquette.

- Vous savez, il n'est pas parfait, mais je ne crois pas qu'il ait mérité ça.

Martagol baissa la tête. Fier, il ne voulait pas que l'on remarque ses émotions. Cette conversation lui avait rappelé les images sordides des mauvais traitements subis par son frère qu'il essayait avec peine de décortiquer pour mieux comprendre.

- Maintenant, il va beaucoup mieux et je suis très content pour lui.

Il avança l'argent sur le comptoir pour la friandise chocolatée, mais le père refusa énergiquement sans se soucier des autres clients qui attendaient pour régler leur note. Qui plus est, il lui offrit deux sacs de croustilles en bonus.

- Gracieuseté de la maison, dit-il à voix haute pour que tout le monde remarque son geste de solidarité, car tout le voisinage était maintenant au courant de l'attaque sauvage perpétrée à l'école Alfred-Filiatreault.

- Merci, monsieur Valiquette, mais ce n'est pas nécessaire. Je peux payer.

- Je le sais bien, que tu peux payer, mais ça nous fait plaisir de t'offrir quelques gâteries, mon garçon. N'est-ce pas, Armande? demanda-t-il en se tournant vers son épouse.

- Allez, va, il se fait tard, reprit la mère de Zacharie qui le poussa hors du magasin. Ton frère doit t'attendre avec impatience.

- Bon, et bien, je vous remercie, et dites à Zacharie que je le salue.

- D'accord, je lui fais le message. À la prochaine!

- À la prochaine, monsieur et madame Valiquette, et encore merci pour tout!

Il sortit du dépanneur avec les confiseries qu'il s'empressa d'enfoncer dans son sac d'école. Sur le chemin du retour, il songea à apporter des carrés aux dattes confectionnés par Norma lorsqu'il retournerait chez les Valiquette afin de les remercier pour toute leur gentillesse. Il était certain qu'ils n'y résisteraient pas, car la nounou les confectionnait avec un ingrédient dont elle seule possédait le secret et qui rendait ce délice tout à fait succulent. Plusieurs de ses amis y avaient déjà goûté à l'école et partageaient son ravissement.

Après avoir vérifié soigneusement que personne n'avait remarqué le passage qu'il empruntait vers la *teach*, il se glissa dans l'eau de la rivière des Mille-Îles. L'eau était très froide à cette période de l'année, sans pour autant le déranger. À peine rendu de l'autre côté, il reconnut une petite bestiole qu'il avait croisée dernièrement. Il se donna un élan et se hissa sur le bord de la rive.

- Que fais-tu là, toi? Tu es chanceuse que ce ne soit pas Norma qui te trouve, parce que tu perdrais l'ouïe d'un seul de ses cris, dit-il en prenant la petite souris blanche dans ses mains.

La pauvre petite, affolée, agitait ses moustaches dans tous les sens.

- Allez, va-t-en, retourne chez toi. Tu dois être congelée, lui dit-il en déposant le petit rongeur sur le sol.

La bête ne se fit pas prier et se précipita vers le flanc de la butte en courant aussi vite que ses petites pattes le lui permettaient.

Martagol arriva dans la *teach*. Il allongea le cou pour scruter la pièce et aperçut son frère allongé sur le divan. Celui-ci semblait captivé par un documentaire présenté à la télévision. Il se dirigea vers sa chambre et croisa Norma. Il l'embrassa sur les joues. Dans sa chambre, il enleva son vêtement de plongée et enfila son pantalon de pyjama. Il sortit la tablette de chocolat de son sac de plastique et se rendit au salon où se trouvait son frère.

- Alors, ça va, toi? demanda Martagol en remettant la tablette de chocolat à Dagathan.

- Beaucoup mieux, merci.

- Maintenant, ne me demande plus de t'acheter quoi que ce soit, je n'ai plus un sou et il n'y a plus d'argent dans le pot pour mes dépenses.

- Quoi? Je te signale que c'est toi qui me l'as demandé.

- Je sais, dit Martagol en riant. Je voulais juste te taquiner un peu.

- Ha! Ha! Ha! Très drôle. C'est comme ça que tu traites ton pauvre frère après une longue et pénible convalescence? Tu me déçois beaucoup, Mart, dit Dagathan qui faisait semblant de pleurnicher.

- Voyons, Dag, tu n'as dormi que deux jours. Tu le fais déjà toutes les fins de semaine devant la télévision!

- Bon d'accord. Dis-moi plutôt, comment ça va à l'école? J'espère que tu ne t'es pas mêlé de mes affaires avec Corneau?

- Non, ne t'inquiète pas. Personne ne l'a revu depuis ta fameuse journée passée en sa compagnie. À l'école, ça va très bien puisque tu n'y étais pas pour me suivre comme un chien de poche, le taquina-t-il. Ma seule inquiétude est que j'étais supposé remettre son devoir à Sarah, mais je n'ai pas réussi à la croiser. Elle est peut-être en colère contre moi.

- Ne t'en fais pas pour cette fille, elle a dû se trouver une bonne raison pour ne pas remettre son travail à temps. Elle a sûrement utilisé ses charmes et son professeur n'a certainement pas pu y résister, se moqua Dagathan qui imitait Sarah en se tortillant sur le divan comme une salamandre.

- Tu m'as l'air assez en forme, toi, pour quelqu'un en convalescence. Cesse de la ridiculiser, je t'en prie. Elle ne se dandine pas comme ça. Tu l'imites très mal et ça m'agace.

- Moi, je me trouve assez bien dans le rôle de Sarah, reprit le jeune frère qui décocha une chiquenaude sur l'épaule du plus grand.

Les deux éclatèrent de rire.

- Les enfants, venez manger, le repas est prêt. Je vous ai préparé un bon bol de fruits de mer.

- Norma? demanda Dagathan. Est-ce que je peux manger dans le salon?

- Non, tu viens manger dans la cuisine avec ton frère. Si je te laisse t'empiffrer dans le salon, tu saliras une fois de plus mon divan. Et la peau d'écrevisse est très difficile à nettoyer.

- Mais Norma, je vais manquer la fin de mon documentaire!

- Dagathan, tu en as déjà raté la moitié en discutant avec moi, lui fit remarquer son frère.

- Oui, mais je l'écoutais quand même, objecta-t-il.

- Tu ne m'écoutais pas? réalisa Martagol.

- Si, je t'écoutais, mais le documentaire également. Je peux faire deux choses à la fois, moi. Allez Norma, s'il te plaît! Je te promets que je ne salirai pas ton sofa.

- Bon, d'accord. Mais si jamais tu renverses de la nourriture sur le sofa, tu ne mangeras plus jamais ailleurs que dans la cuisine, compris?

Dagathan se dépêcha de quérir son assiette de fruits de mer et se réinstalla confortablement. Quelques instants plus tard, son frère vint le rejoindre. Lui aussi bénéficia de cette permission spéciale. Il s'assit à côté de lui et commença à manger avec appétit.

- Mart, qu'est-ce que tu fais là?

- Et bien, je mange.

- Oui, je l'avais remarqué, mais je peux savoir qu'est-ce que tu fais là, à côté de moi?

- Je suis assis avec mon petit frère adoré et je regarde la télévision. C'est simple, non?

- Mart, je ne veux pas que tu sois assis près de moi. Tu prends trop de place. J'aimerais que tu ailles t'étendre sur l'autre fauteuil.

- Mais qu'est-ce qui t'arrive? D'habitude, ça ne te dérange pas.

- Je sais, mais maintenant, j'aimerais mieux que tu déménages sur l'autre fauteuil, dit-il en le poussant avec les pieds.

Norma, qui avait tout entendu du fond de la cuisine, se dirigea vers la pièce où relaxaient ses deux protégés.

- Ne t'en fais pas, Martagol, il te taquine. Il m'a fait le même coup cet après-midi.

- AHHHH! Norma, il ne fallait pas que tu le dises. Et voilà, mon plan a échoué à cause de toi.

- Comment ça, tu me faisais une blague? Tu vas voir ce que tu vas voir!

Martagol déposa son assiette, agrippa la tête de son frère et la serra solidement, lui ébouriffant du même coup les cheveux.

- Mouah! Arrête, espèce de con! Je vais échapper mon assiette. Arrête! Norma, dis-lui d'arrêter! ARRÊTE! Tu me fais mal à la joue!

Martagol cessa et regarda son frère en riant.

- Ah! Ça y est. Mon émission est terminée. Tu me l'as fait manquer. Espèce de con.

- Là, je reconnais mon petit frère.

Au cours de la soirée, les taquineries se succédèrent. Les deux frères s'étaient même ralliés entre eux, comme ils le faisaient régulièrement, pour provoquer des situations invraisemblables dans le seul but de faire fâcher leur nounou bien-aimée. Pour sa part, elle avait cru remarquer la connivence des deux comparses et avait décidé d'y mettre son grain de sel. Les blagues, espiègleries et éclats de rire ne cessèrent que tard dans la soirée. Le temps n'avait plus d'importance. Ces jeux avaient permis de détendre l'atmosphère des derniers jours. En plus, le lendemain était un jour férié, on fêtait l'Action de grâce.

Comme d'habitude, pour cette occasion, Norma cuisina une bonne partie de la nuit. Elle confectionna des petits plats de son cru. Les odeurs de sucre et de miel avaient chatouillé les sens olfactifs des deux garçons qui ne se feraient certes pas prier pour goûter à tous ces délices.

D'ailleurs, ils en profitèrent pour subtiliser certaines douceurs encore toutes chaudes, au grand dam de la cuisinière.

Le ventre royalement plein, Dagathan ronflait allègrement sur son divan préféré, la bouche grande ouverte, les jambes bien écartées et un bras sur les yeux camouflant la lumière diffusée par les lampes. Il sombra dans un sommeil plus que réparateur. L'aîné et la nounou étaient rassurés de le voir ainsi. Bien sûr, il était encore meurtri, mais son état général était très satisfaisant. Le retour à l'école ne devrait pas tarder.

- C'est dommage, pensa la nounou à voix haute.

- Pourquoi dis-tu ça? demanda Martagol qui fronça légèrement les sourcils.

- Parce que!

- « Parce que » n'est pas une explication, ma chère. Tu nous casses les oreilles depuis qu'on est petits en nous répétant sans cesse que « parce que » n'explique rien. Tu devrais appliquer tes propres règlements. Pourquoi dis-tu ça? reprit-il.

- Lorsque je regarde ton jeune frère avec cette large cicatrice sur la joue, je me dis que j'aurais pu l'aider autrement qu'en appliquant seulement des crèmes antibiotiques.

- Pourquoi tu ne le fais pas alors?

- Je ne le peux pas. Il me manque des ingrédients essentiels et surtout, la façon de procéder pour fabriquer les pommades régénératrices. Cette façon de faire est beaucoup trop compliquée, mais je connais une personne qui pourrait le faire, dit-elle avec nostalgie. Elle et moi avons tissé des liens d'amitié.

- Tu n'as qu'à l'appeler, reprit Martagol qui lui lança le téléphone sans fil.

- Malheureusement, elle ne vit pas ici. C'est une Monéphorex que j'ai rencontrée lorsque votre grand-père, Dieu ait son âme, a décrété que tous les héritiers royaux devaient posséder une connaissance suffisante des huit mondes. Dès lors, je fus expédiée avec ton père et ses deux sœurs qui n'étaient, à l'époque, que de jeunes enfants, dans le deuxième monde pour leur éducation.

- Et cette dame ferait quoi pour Dagathan?

- Elle pourrait probablement faire en sorte que sa cicatrice soit moins visible.

- Qui sont les Monéphorex?

- C'est le peuple qui vit juste après le nôtre, dans la seconde strate. Ce sont d'excellents dresseurs et de très bons agriculteurs. Ils pourraient faire pousser des courges dans la neige. En très bas âge, les enfants et surtout les jeunes filles sont initiés à la terre et à ses bienfaits. Par contre, seules les filles reçoivent un apprentissage très avancé sur les herbes médicinales. Je suis convaincue que mon amie pourrait aider Dagathan.

- C'est intéressant. Dis-en moi plus sur eux. Sont-ils différents de nous? Je veux dire, physiquement?

- Ils ressemblent beaucoup aux humains. On croirait qu'il sont cousins tellement ils sont semblables, mais leur structure sociale, quant à elle, est assez différente.

- Qu'a-t-elle de particulier?

- Elle est matriarcale. Leur société est un regroupement de plusieurs clans qui sont gérés exclusivement par les femmes.

- Il n'y a pas d'hommes? s'inquiéta Martagol.

- Si, il y en a, mais ce ne sont pas eux qui prennent les décisions.

- Ils n'ont rien à dire?

- Ce n'est pas comme chez nous, Martagol. Les Courtamines sont gouvernés par un roi qui, une fois qu'il a reçu les avis de ses principaux conseillers, prend toutes les décisions. Pour les Monéphorex, ce sont plusieurs petits groupes de femmes représentant chaque clan qui dirigent pour leur peuple. Cependant, contrairement aux Courtamines, les femmes s'adressent régulièrement à l'ensemble de leur population avant de prendre position. Comme tous les membres de chacun des clans, les hommes sont également consultés.

- Ça doit prendre du temps avant qu'ils prennent une décision?

- Qu'elles prennent une décision, reprit Norma.

- Quoi?

- J'ai dit qu'elles prennent une décision. Ce sont les femmes qui dirigent. Il faut donc dire « elles ». Pour les Courtamines, le féminin l'emporte sur le masculin.

- On ne doit pas s'ennuyer dans leurs cours de grammaire, dit-il avec un sourire en coin.

- Ce sera une bonne expérience pour un jeune prince qui, un jour, gouvernera le grand empire des océans. Un roi doit apprendre qu'il ne peut régner seul.

- Penses-tu que père nous enverra dans tous les mondes?

- Absolument. Cela fait partie du programme d'enseignement des Courtamines. Le décret est formel sur ce point. Même ton père, le roi, n'a pu s'y soustraire. Et de toute façon, je crois qu'il s'y est conformé avec ravissement. Lui-même trouve que cette expérience rend l'esprit plus ouvert et apporte plus de sagesse à ceux qui participent à ces échanges intermondes. Même si parfois, pensa-t-elle, on dirait que la sagesse a coulé sur les dorsales du roi.

Elle songea à toutes les bêtises que lui et ses sœurs avaient pu faire à l'époque où elle les accompagnait dans leurs voyages. Souriant, elle reprit:

- Vous êtes des privilégiés, car seuls les héritiers des trônes, des chefferies et des clans peuvent en profiter.

- Devrons-nous modifier nos apparences comme nous le faisons ici? questionna Martagol.

- Non, pas du tout. Il ne sera pas nécessaire de vous fondre dans la masse comme nous le faisons ici.

- Dans ce cas, pourquoi nous camoufler ici et pas là-bas?

- C'est une longue histoire et pour tout dire, je n'en connais seulement que quelques bribes. Le peu dont je me souvienne est qu'il y a fort longtemps, les peuples qui vivent en périphéries de celui des humains auraient tenté de former une alliance basée sur le savoir.

- Qu'est-ce qu'une alliance du savoir?

- Une sorte de pacte qui se résume à un échange de connaissances, répondit la nounou qui essayait de se remémorer ses cours d'histoire sur les civilisations antiques.

- Du genre « Je te montre ce que je sais et tu me montres ce que tu sais »?

- C'est à peu près ça. Malheureusement, ces échanges n'ont pas très bien fonctionné et l'alliance a été rompue.

- Pourquoi?

- Je ne sais pas trop. Je ne me rappelle plus très bien les raisons pour lesquelles les autres peuples se sont retirés, mais il fut convenu par les anciens que nous ne devions plus jamais nous manisfester dans leur monde. Hormis quelques sages qui continuèrent de parfaire leurs savoirs, il n'y eut plus vraiment de contacts entre les mondes jusqu'au jours où le roi Kirp déposa son décret d'apprentissage . Il est donc essentiel de modifier nos apparences.

- Lorsque nous irons nous enrichir du savoir des Monéphorex, tu pourras revoir ton amie?

- J'espère bien, songea-t-elle. Bon, ça suffit. Allez, au dodo. Transporte ton frère dans son lit pour qu'il soit plus confortable et qu'il reprenne des forces. Quant à toi, tu devrais l'imiter. Il se fait tard et j'ai encore une foule de préparatifs à faire pour la fête de demain. Bonne nuit.

chapitre 9

Norma, qui s'était surpassée dans la confection de ses petits plats en l'honneur de l'Action de grâce, voulait à tout prix changer les idées des deux jeunes garçons. Dagathan s'était bien reposé et se remettait tranquillement de ses blessures qui lui causaient encore quelques douleurs. Il affichait cependant un air mélancolique. Parfois assis sur son sofa préféré, il fixait la télévision sans vraiment écouter les émissions. Son esprit semblait ailleurs. L'observant avec intérêt, Martagol en profitait pour le secouer un peu et lui proposait des activités qu'il affectionnait par-dessus tout.

- Allez, viens faire une petite saucette, frérot, insista Martagol en donnant un coup sur le pied de Dagathan qui restait vissé sur le divan sans dire mot. Il se tenait fièrement debout, vêtu de son maillot de bain, sa serviette sur l'épaule. Allez viens, fainéant, on va en profiter pour jouer à la *tague*.

Le regard de Dagathan s'illumina. Il pensa à tous les mauvais coups qu'il pourrait faire subir à son grand frère. Il fronça les sourcils et envisagea quelques ruses lui assurant à coup sûr la victoire, car la *tague* n'était pas qu'un simple jeu entre lui et son frère, mais un combat à n'en plus finir qui durait depuis leur tendre enfance. Des heures et des heures durant, ils pouvaient se poursuivre sans relâche dans le seul et unique but de transmettre la fameuse *tague*, telle la malédiction ultime qui pourrait, sans nul doute, anéantir son porteur. Pour s'en débarrasser, il fallait donc la retransmettre à son adversaire dans les plus brefs délais.

- Ah ça, je veux bien, exprima Dagathan avec un sourire malicieux.

Se relevant d'un seul bond, il accourut dans sa chambre pour enfiler son bermuda à fleurs. Ils avisèrent Norma qu'ils allaient dans la salle des jardins d'eau pour jouer à la *tague*.

- D'accord, répondit la nounou qui brassait ses chaudrons dans la cuisine. Mais pas trop longtemps, parce que j'ai presque terminé la préparation du repas.

- Pas de problème, répondirent les garçons en chœur, sachant très bien qu'il en serait tout autrement lorsque la partie commencerait. Concentrés sur leur jeu, ils perdaient facilement la notion du temps. Norma savait d'expérience qu'elle serait obligée d'aller les chercher pour le repas.

En pénétrant dans la salle des jardins d'eau, l'air ambiant était des plus humides. Le climat de cet endroit était particulier. Le contraste de température avec les autres pièces de la *teach* était étonnant. À l'intérieur de cette pièce, on retrouvait toutes les commodités d'un salle de bain, mais tout se trouvait en triple. On pouvait remarquer trois lavabos en forme de coquillage surmontés d'hippocampes en guise de robinet. Il y avait aussi trois cuvettes campées sur des pattes de loup marin, ainsi que trois baignoires thérapeutiques en bronze. Tout le long du mur de pierre au fond de la pièce coulaient en permanence trois chutes d'eau qui servaient de douche aux occupants. Dans l'immense pièce, lorsque des ouvriers courtamines avaient entrepris d'aménager la *teach* pour leurs besoins, ils avaient creusé sous les fondations afin d'y aménager plusieurs bassins d'eau qui communiquaient tous entre eux. Ces bassins étaient si larges et si profonds que plusieurs espèces aquatiques se côtoyaient. Quelques fontaines, qui représentaient des animaux marins, étaient installées un peu partout parmi les papyrus qui mesuraient plus de six mètres. Des fleurs de lotus, des jacinthes d'eau, des nénuphars et bien d'autres plantes aquatiques flottaient sur cette étendue d'eau turquoise. On pouvait humer des odeurs enivrantes de rose, de menthe aquatique et de lavande qui se mêlaient aux subtilités odorantes des plantes aromatiques. Le mariage des couleurs était tout à fait extraordinaire. Le jaune vif des callas mélangé au violet des iris et au rosé des butomes étaient un régal pour les yeux. S'immisçant dans cet écosystème des plus sauvages, on entendait le son de certains batraciens qui se partageaient l'espace avec les couleuvres, les anguilles, les tritons et les koïs japonais.

La proximité de l'eau était vitale pour les Courtamines. Durant des millinénaires, ils avaient évolué en fonction du développement de leur économie qui passait principalement par la croissance de leurs réseaux aquatiques et terrestres. Même s'ils préféraient les vastes étendues d'eau salée, ce peuple de mammifères marins s'était adapté pour vivre dans l'eau douce et sur les terres environnantes. Ils pouvaient vaquer à leurs occupations sans être toujours immergés comme les mammifères marins vivant dans le monde des humains. Par contre, pendant quelques heures par jour, ils devaient s'hydrater régulièrement pour éviter que leur peau ne sèche et ne se fendille, pouvant ainsi provoquer de sérieuses démangeaisons, des saignements ou plus grave encore, une maladie dégénératice. La meilleure méthode et la plus agréable était sans doute la natation.

Rapidement, les deux frères se préparèrent pour le jeu qui les motivait tant. En se dardant de regards espiègles, ils plongèrent en même temps dans l'eau. La partie venait de commencer.

Pendant ce temps, Norma s'affairait pour terminer les préparatifs de la fête. Elle avait cuisiné les meilleurs plats pour ses deux protégés. Au menu, il y aurait en entrée une quiche aux éperlans et aux yeux de truites mouchetées accompagnée d'un vinaigre de sang de poulpe. Suivrait ensuite un pâté à la ouananiche aux herbes salées des mers du sud accompagné d'huîtres à la provençale. Et pour terminer le tout, des truffes aux œufs de cane confits agrémentés d'une mousse aux chocolat fabriquée à partir des feuilles de cacao provenant du lagon mystique et qu'ils avaient apportées de leur monde en revenant des vacances d'été. Ils s'en régaleraient.

Maintenant, tout était prêt. Elle décida d'aller à la rencontre des deux frères. Elle enfila son maillot de bain noir rayé de lignes blanches verticales qui la faisait, semble-t-il, paraître plus mince. Elle entra dans la pièce à pas feutrés. Sans faire de bruit, elle se glissa doucement dans le bassin et nagea vers le fond parmi les callitriches des marais, écartant les nymphoïdes et autres algues marines. Malgré son embonpoint, ses talents de maître nageuse valaient de loin ceux de ses deux protégés. Elle nageait avec une aisance comparable à celle du dauphin. Les jeux aquatiques étaient des plus importants pour le développement des jeunes Courtamines et Norma leur avait enseigné personnellement plusieurs styles de nage. Espiègle à ses heures, elle misait beaucoup sur les jeux, qui mettaient rapidement ses jeunes protégés en contact avec leur environnement afin de mieux l'apprivoiser, puisque celui-ci était parfois hostile.

À l'abri d'un énorme corail rose à longues pointes argentées, elle attendit patiemment le moment opportun.

Entre Martagol et Dagathan, la poursuite allait bon train. Ce dernier s'agitait en tous sens pour échapper à son aîné. D'où elle se tenait, Norma suivait la course effrénée des deux garçons avec amusement. Dagathan se dirigea à toute vitesse en direction du corail en évitant avec précision les rochers abrupts sur son parcours. Martagol, qui ne lâchait pas prise, le suivit de très près, quand une forme se planta devant eux, les bras levés, gesticulant comme une pieuvre. Du coup, les deux frères effrayés en perdirent le souffle et remontèrent précipitamment à la surface.

- Qu'est-ce que c'était? hurla Dagathan à son frère. Tu as vu cette chose?

- Ouais, je ne sais pas exactement, mais elle semblait vouloir nous suivre. Regarde l'eau autour de nous, des bulles d'air remontent. Je pense qu'on devrait sortir de l'eau immédiatement. Il y a une ombre dans l'eau, je crois que la chose nous pourchasse!

Affolés, ils sortirent de l'eau en un temps record et se mirent à crier à l'unisson : « NORMA! AU SECOURS! »

Ne recevant aucune réponse de la nounou, ils se mirent à l'abri derrière d'immenses plantes et se munirent d'une roche au cas où. Soudain, la chose apparut à la surface.

- Ah! Ah! Je vous ai bien eus! souffla la nounou aussitôt la tête hors de l'eau.

- Norma! C'est toi? Non mais, à quoi tu as pensé?!? demanda Martagol, blanc de peur mais visiblement soulagé.

- Oui, messires, c'est bien moi, votre honorable servante, et j'avoue que je n'ai pas détesté l'aventure. J'oserais même dire que cela m'a fait le plus grand bien. Un peu d'exercice, ça ne fait de tort à personne. Allez, prends ma main et aide ta pauvre nounou à sortir de l'eau. Alors, je vous ai bien eus, mes petits?

- Pour ça, tu nous as bien eus, reprit Dagathan, encore en état de choc. J'ai eu si peur que je crois que j'ai frôlé la crise cardiaque. Tu n'as pas honte? Moi, un convalescent!

- Non, mon garçon, à la vitesse à laquelle tu es remonté, je crois que tu vas pour le mieux.

- Bien ça alors! Mon cœur bat encore la chamade et tu t'en moques! J'ai cru qu'une énorme créature voulait me manger tout rond et ça te fait rire, reprit Dagathan en décochant un clin d'œil à son frère.

- Une énorme créature! Non mais, tu exagères! Tu as besoin de lunettes, mon garçon. Je te ferai remarquer que je porte mon maillot amincissant, fit-elle, insultée et tournant sur elle-même pour bien montrer sa silhouette. Allez, on va manger. Tout est prêt, reprit-elle d'un ton bourru.

Elle quitta la pièce suivie des deux frères pris d'un fou rire difficile à contenir.

- Non mais, une énorme créature. Petits ingrats, murmura-t-elle.

Les liens unissant les deux frères s'étaient resserrés. Depuis l'agression de Dagathan, ils appréciaient plus que jamais d'être ensemble.

Le jour suivant fut tout autrement. Le temps était venu pour Dagathan de retourner à l'école. Norma s'était levée plus tôt afin de préparer le copieux petit-déjeuner qui attendait les deux frères.

- Dagathan! Allez! C'est l'heure de te lever. Aujourd'hui, c'est l'école, mon écrevisse.

- Hein? Ah! non. Pas l'école.

Les yeux du garçon refusaient de s'ouvrir malgré tous les efforts qu'il y mettait.

- Tu es certaine que c'est aujourd'hui? Je ne peux pas rester une semaine de plus? Mes plaies me font encore très mal, tu sais, alors je crois que je devrais garder le lit au moins pour aujourd'hui. Je ne me sens pas très bien.

- Cesse tes simagrées et lève-toi. Tes plaies se cicatrisent très bien. D'ailleurs, je vais changer les pansements après ton déjeuner. Allez, viens manger, dit-elle en lui tapotant la cuisse.

- Bon. Bon. Ça va. Je me lève.

Dagathan traîna les pieds vers la salle à manger. Martagol y était déjà installé et affichait un large sourire montrant ses grandes dents blanches.

- Pourquoi me regardes-tu avec cet espèce de grand sourire? demanda-t-il, encore un peu endormi.

- Je ne sais pas. Peut-être parce qu'aujourd'hui, c'est le retour à l'école, mon cher petit frère adoré.

- Ha! Ha! Ha! Très drôle. Tu sauras que je suis extrêmement content d'y retourner.

- Ça se voit tout de suite. Pas trop nerveux pour ton retour ce matin?

- Nan! Ch'était chuste pour que chtu me lâches un peu, echpèche de con, répondit-t-il la bouche pleine. Bien chûr que je chuis chtréché.

- Dagathan? cria Norma du fond de la cuisine. Ne parle pas la bouche pleine.

- Ne t'en fais donc pas trop. Je te l'ai déjà dit, on n'a pas revu Corneau dans les parages. Ni lui, ni ses deux petits copains. Ils ne se sont même pas présentés en classe depuis ta mésaventure. La police les recherche, alors je ne crois pas que nous les reverrons de sitôt. De toute façon, je garde un œil sur toi.

Après le petit-déjeuner, Martagol se prépara pour l'école. Dagathan, de son côté, se glissa sous les couvertures pour quelques instants seulement, mais se rendormit aussitôt. Remarquant Martagol qui attendait impatiemment devant la porte, Norma décida d'aller jeter un coup d'œil dans la chambre de Dagathan.

- Dagathan! Réveille-toi, espèce de grand fainéant! Ce n'est pas le temps d'arriver en retard, cria Norma en lui retirant du même coup ses couvertures. Ton frère t'attend devant la porte. Habille-toi et brosse tes dents en vitesse.

Exaspéré, il n'eut d'autre choix que d'obéir aux ordres de sa nounou et rejoignit Martagol sans trop de conviction.

- Que faisais-tu?

- Je me suis assoupi, répondit le benjamin en fermant la porte derrière lui.

- Franchement, Dag. Ton retour à l'école avec un retard. Tu allais encore t'attirer des problèmes.

- Ça te dérange, toi? De toute façon, ce ne sont pas tes affaires que j'arrive à temps ou pas!

- Tu n'étais pas en train de reprendre de l'argent dans le pot, j'espère?

- Mais non, tout de même. Pour qui me prends-tu?

- Tu es au courant que père doit nous contacter de nouveau ce soir. La dernière fois, il n'était pas très content que tu ne sois pas avec nous et surtout, que tu sois encore en retenue.

- Pas content que je ne sois pas là? J'étais en train de me faire massacrer et il n'était pas content que je ne sois pas là!?

- Ne sois pas idiot, Dag. Il ne savait pas que tu avais des ennuis. Nous ne le savions pas plus, d'ailleurs. Ce qui l'a énervé, c'est que tu sois encore en retenue.

- Énervé! Encore une fois.

- Bien oui, encore une fois.

- Bon, bon, cesse de parler et dépêche-toi, on va être en retard, dit Dagathan.

Les deux frères se mirent en route. Malgré Dagathan qui ne cessait de flâner pour ralentir l'allure, ils arrivèrent enfin devant l'établissement. Dagathan s'arrêta et soupira longuement.

- Qu'est-ce qu'il y a, frérot?

- Je ressens un léger malaise en revoyant cet endroit.

- Ça te rappelle de mauvais souvenirs, hein?

- Bof! Ce n'est pas vraiment ça. C'est que je dois commencer avec Fraser ce matin.

- Il va être très content de te revoir. En plus, tu n'es pas en retard aujourd'hui, dit-il en jetant un coup d'œil à sa montre.

- Ouais, mais il aimerait mieux que je le sois pour ne pas me voir. Il va sûrement me trouver quelque chose pour avoir le plaisir de m'enguirlander.

- Ne t'inquiète pas, il va probablement être décontracté. Et puis, il se peut qu'il ne te reconnaisse pas, dit Martagol en empoignant la tuque de son jeune frère qui éclata de rire.

- Ouais, tu crois que je vais passer inaperçu?

Les deux frères se sourirent avant d'entrer dans la bâtisse. Ils se quittèrent à l'entrée et prirent chacun leur couloir.

chapître 10

Se dirigeant vers son casier, Dagathan aperçut Simon qui fouillait nerveusement dans le sien. Ses effets scolaires étaient sens dessus dessous. « Il doit chercher ses livres pour le premier cours de la matinée », pensa-t-il. Se donnant un air calme, les mains dans les poches, il s'appuya sur le casier d'à côté.

- Mmm! fit Dagathan en guise de salutation.

- Salut, reprit Simon sans daigner regarder son ami.

- Encore vexé?

- Je ne savais pas que tu reviendrais aujourd'hui. J'ai cru que tu serais plus longtemps absent.

- Toujours fâché contre moi, hein? demanda de nouveau Dagathan en baissant la tête, un peu honteux.

- Tu parles de quoi, là? Ah! Merde, il est où ce fichu bouquin d'histoire? bougonna Simon de plus en plus exaspéré de ne pas retrouver son livre.

Il ne voulait surtout pas prolonger la conversation avec celui qu'il ne considérait plus vraiment comme son meilleur ami.

- Tiens, le voici, ton volume.

Dagathan s'étira le bras pour prendre, sur la tablette du haut, l'objet tant recherché et le remit à Simon.

Un merci à peine audible de ce dernier conclut l'affaire.

- Écoute, Simon, es-tu encore fâché de ce qui s'est passé au dernier cours de natation?

- Ce dont je me souviens surtout, c'est que tu m'as caché tes secrets. Ce qui fait que je ne sais plus si c'est nécessaire que l'on soit encore des amis. Parce que de vrais amis, ça se dit tout. Tu comprends ça? Tout.

Il agrippa son sac à dos et, d'un pas décidé, se dirigea vers sa classe. Soudain, il s'arrêta et se retourna. Sans la moindre expression, il informa son ex-copain que la directrice désirait lui parler avant la fin de la journée. Son rôle de messager accompli, il repartit dans la direction opposée.

- Ah! Non. Pas elle en plus! Qu'est-ce qu'elle me veut, cette mégère?

Simon avait catégoriquement refusé les tentatives de rapprochement de Dagathan. Celui-ci ne s'attendait vraiment pas à ce que son meilleur ami lui en veuille à ce point. Au contraire, après les derniers événements, il croyait que Simon se serait inquiété un peu plus de lui, mais il en était tout autrement. Dagathan réalisait maintenant à quel point il était vexé. Mais il ne se doutait pas que ce n'était que la pointe de l'iceberg.

- Et fais attention à ce que tu dis, elle arrive, lança Simon par-dessus son épaule.

Au même moment, la directrice, vêtue de son horrible sarrau blanc, se pointa. Ses lèvres maquillées d'un rouge flamboyant affichaient un sourire sarcastique. Le garçon enfonça sa tête dans le casier, se donnant un air occupé, voulant se soustraire de son regard à tout prix.

- Tiens! Tiens! De retour parmi nous, monsieur Desjardins? roucoula l'antipathique responsable de l'école. Je ne sais pas si votre copain vous a transmis mon message, mais maintenant que vous êtes là, j'aimerais bien que vous me suiviez dans mon bureau.

Elle déposa sa main moite sur l'épaule de Dagathan qui n'eut d'autre choix que de la suivre. Il se retourna et jeta un regard désemparé à Simon qui l'observait encore.

En pénétrant dans le bureau, Dagathan eut un haut-le-cœur. Cet endroit dégageait une odeur de moisissure qui vous prenait à la gorge. Madame Frappier ne semblait pas du tout incommodée par ces émanations nauséabondes. Elle lui demanda de s'asseoir confortablement et fit de même en prenant place dans son fauteuil de cuir capitonné. Fauteuil qui, au service de l'odieuse depuis tant d'années, épousait parfaitement les rondeurs du curieux personnage. Cet endroit remémora à Dagathan le drôle de rêve qu'il avait eu ici-même pour la première fois ainsi que sa mésaventure avec le gang à Corneau. Mais il n'eut pas le temps de se perdre dans ses pensées.

- Alors, monsieur Desjardins. Comment allez-vous?

- Euh….

- À vous voir, je crois que vous vous portez à merveille, l'interrompit la directrice. Je ne sais pas si vous êtes au courant, mais la semaine dernière, nous avons reçu la visite de deux membres du corps policier de Terrebonne. Ils ont interrogé tout mon personnel enseignant ainsi que moi-même sur certains faits qui auraient eu lieu sur le terrain de mon école. Quelle ne fut pas ma surprise d'apprendre qu'il s'agissait de vous! Vous auriez semble-t-il, je dis bien semble-t-il, été agressé physiquement?

Sur ces mots, elle éclata d'un rire sadique qui fit sursauter Dagathan.

- Mais bien sûr! C'est quoi, ça, alors? dit-il en pointant du doigt le bandage qui recouvrait la plaie encore douloureuse de son visage.

- Ça?! Une toute petite égratignure qui peut avoir été causée par une simple chute.

Cette réponse choqua le garçon. La rage montait en lui. Il aurait voulu la remettre à sa place, lui crier des injures, mais il devait aussi contrôler ses émotions, de crainte d'être sévèrement sanctionné. Considérant l'appel qu'il devait recevoir de ses parents en fin de soirée, il ne pouvait se permettre d'être de nouveau en retenue. Se taire valait sûrement mieux que de provoquer des situations pouvant être désastreuses. Il était estomaqué du manque de sensibilité de cette affreuse personne.

- Je ne suis pas sans vous apprendre, mon cher ami... vous permettez que je vous nomme ainsi, n'est-ce pas?...

L'adolescent hocha la tête.

- Donc, je disais que je ne suis pas sans vous apprendre que notre établissement est présentement en lice pour l'obtention du prestigieux titre de la meilleure école secondaire de la belle province de Québec qui, en plus, est assorti d'une bourse de cent mille dollars.

- Je ne le savais pas.

- Vous ne le saviez pas, monsieur Desjardins? cria la détestable en se levant d'un bond.

Elle s'appuya solidement sur son bureau, les dents serrées, laissant échapper un léger filet de bave qui tomba sur les papiers éparpillés.

- Soit. Ce prix sera décerné à l'établissement d'enseignement qui excelle tant au chapitre des notes qu'à celui des disciplines connexes. L'école doit obtenir une feuille de route sans taches. Et malheureusement, vous, vous, monsieur Desjardins, en êtes une énorme, tache. Votre aventure mensongère risque de me faire perdre non seulement ma bonne humeur, mais également mon argent. Sans cet argent, l'an prochain, je devrai faire des choix, comme celui de refuser des cancres comme vous. Heureusement, les inspecteurs du Ministère ne sont pas au courant de tout ce qui s'est passé à Terrebonne. Si je réagis promptement, peut-être pourrai-je étouffer l'affaire. Saisissez-vous bien toute l'ampleur de mes propos? Comprenez-vous bien, monsieur Desjardins?

La situation allait de mal en pis. Ce n'était plus seulement une simple odeur de moisissure qui survolait l'endroit, mais toute l'atmosphère qui devenait de plus en plus irrespirable. Des sueurs froides parcouraient l'échine de Dagathan, le vissant sur sa chaise.

- Oui, madame Frappier. J'ai tout compris.

- Donc, récapitulons, dit-elle en se rasseyant pour reprendre son calme et son souffle. Il semblerait, selon les informations officielles, que vous ayez eu un malencontreux incident à la sortie de l'école la semaine dernière. J'ai donc expliqué aux deux charmants policiers que l'incident était banal. Je leur ai dit que vous aviez tout simplement trébuché, un point c'est tout. Il n'y a pas de quoi alerter la ville entière pour une histoire aussi anodine! Alors, voilà la version que j'ai donnée à ces messieurs et c'est ce que vous aurez également l'obligeance de leur révéler advenant le cas où ils auraient l'intention de vous interroger à ce propos. Le sujet est clos. N'en parlons plus.

D'un geste sec, elle se leva, saisit par le bras son jeune élève abasourdi devant une telle déclaration et le jeta hors de son repère en claquant la porte violemment derrière lui.

Encore sous le choc des dernières paroles prononcées par madame Frappier, Dagathan se dépêcha de prendre ses cahiers d'histoire pour se rendre à la salle de cours. Il entra et se dirigea vers l'arrière de la classe où se trouvait habituellement son pupitre. À sa grande surprise, il constata que les élèves avaient changé de place. En y regardant de plus près, le seul pupitre disponible se trouvait juste en face de celui de monsieur Fraser, qui s'apprêtait d'ailleurs à commencer son cours quand Dagathan, un peu mal à l'aise, prit place devant le professeur.

- Tiens! Tiens! Un revenant. Cela me fait plaisir de vous revoir ce matin, monsieur Desjardins. Et à l'heure, en plus, remarqua l'enseignant en jetant un coup d'œil sur le cadran. Sept heures cinquante, c'est un exploit pour vous, mon cher. C'est bien. C'est très bien, parce que vous devrez travailler beaucoup plus fort pour rattraper tous les cours que vous avez malheureusement ratés la semaine dernière. N'est-ce pas?

- Oui, je vais sûrement avoir du pain sur la planche.

- Je vois que vous êtes sorti mal en point de cette bagarre, reprit-il en s'approchant du visage de l'adolescent.

- Quelle bagarre? demanda le garçon en regardant ailleurs pour éviter la conversation.

- Ne faites pas l'innocent avec moi, monsieur Desjardins. Tout le monde sait que vous n'êtes pas venu à l'école la semaine dernière à cause de cette sordide agression dont vous avez été victime. Ces voyous vous ont visiblement malmené. Je le vois bien.

- Tout le monde le sait?! répéta Dagathan, stupéfait... C'est que... madame Frappier désire que l'on en parle le moins possible, chuchota-t-il pour que les autres élèves ne l'entendent pas. Alors nous devrions peut-être...

- Bien sûr, mon cher, coupa monsieur Fraser comme s'il ne voulait pas entendre les plaintes de l'élève. Mais de toute façon, vous me semblez aller mieux. Alors, commençons, nous avons un cours très chargé aujourd'hui. Oh! J'allais oublier de vous remettre cette note.

Le professeur tendit un petit bout de papier froissé à Dagathan, qui le regarda, perplexe. Pendant que l'enseignant commencait ses explications, il déplia le papier et prit connaissance du message qui lui était adressé :

Mon collègue et moi aimerions vous rencontrer durant votre heure de dîner. Nous vous attendrons près de la cafétéria, porte ouest.

P.S. Nous désirons vous entretenir seul.

Jules Brassard et Maurice Laberge

Police de Terrebonne

Pendant un moment qui lui sembla une éternité, le cœur de Dagathan cessa de battre. Inquiet et angoissé, des gouttes de sueur froide dégoulinaient sur son corps, provoquant des frissons le long de son échine. Il crut qu'il allait y rester pour de bon.

Pour se calmer, il inspira profondément comme il avait l'habitude de le faire juste avant de plonger sous l'eau. Puis, pour ne pas attirer l'attention des élèves autour de lui, il expira tout doucement et laissa échapper son souffle ainsi qu'une partie de son anxiété. Petit à petit, il sentit la pression diminuer. Son sang reflua à nouveau dans ses veines et, au même moment, il ressentit le début d'une forte migraine.

Plusieurs questions se bousculaient dans sa tête. Que lui voulaient ces deux agents de la paix? Madame Frappier n'avait-elle pas été assez claire avec eux? Que devrait-il leur raconter? D'un seul coup, il avait oublié tout ce qu'elle lui avait recommandé. « Ah! Oui. C'est ça. Il faut que je leur dise que j'ai trébuché en sortant de l'école. J'ajouterai que je me suis blessé en tombant sur une pierre. Voilà. Et que j'ai perdu conscience. C'est quand même la vérité. J'ai réellement perdu conscience », pensa-t-il.

Monsieur Fraser donna son cours pendant une bonne partie de la période et, le reste du temps, laissa ses élèves travailler en équipes à la conception de leurs travaux de mi-session. Dagathan avait choisi de travailler seul afin de rattraper le retard des derniers jours. Il lui fallait un peu plus de concentration pour rattraper le temps perdu et surtout, reprendre le contrôle sur lui-même pour empêcher son esprit de vagabonder à nouveau. La mort dans l'âme, il remarqua que Simon avait formé une équipe avec deux autres élèves. Les élèves les plus doués de la classe. Simon ne s'était même pas soucié de lui demander de se joindre à eux.

Quand la cloche retentit dans l'établissement, Dagathan fut le premier à sortir de la classe d'histoire. Désirant se rendre à son casier par le chemin le plus court, il prit le couloir qui menait au bureau de la directrice. À la jonction des corridors, il vit madame Frappier, quelque peu agitée, qui discutait avec deux hommes. Ces hommes de forte stature vêtus d'imperméables gris et de lunettes fumées devaient être, sans nul doute, les policiers qui voulaient l'interroger. Rebroussant chemin, il emprunta un autre corridor pour se rendre à son casier. L'esprit préoccupé, il perçut la voix roucoulante de la personne qu'il détestait le plus dans l'école.

- Comme je suis heureuse de te revoir, David. Mais qu'est-il arrivé à ton œil?

Depuis qu'une de ses amies avait répété à Sarah la conversation qu'elle avait surprise entre Mathieu et Marc-Alexandre dans laquelle il était question des pertes de mémoires de David, elle avait décidé de tester ce qui lui restait comme souvenirs de son agression.

- Sarah?! Fiche-moi la paix. D'ailleurs, ça ne te regarde pas.

- Voyons, voyons, voyons, mon petit chou. Je prends de tes nouvelles parce que je m'inquiète pour toi, dit-elle en frottant, de son index, le nez de l'adolescent. On dit même que tu as perdu la mémoire? Il y a des petites images qui n'apparaissent plus, là-dedans?

De son index, elle tapota la tempe de David qui, insulté, lui retira la main sans ménagement.

- Depuis quand ma santé t'intéresse-t-elle? demanda-t-il en détournant la tête. Il ferma la porte de son casier avec fracas et la verrouilla.

- N'essaie pas d'éviter le sujet en me posant des questions et réponds à la mienne! riposta la fille d'une voix tranchante.

- J'ai trébuché sur une roche et je me suis éraflé l'œil, voilà tout.

- Mon pauvre petit chou, je suis désolée pour toi, se moqua-t-elle en se passant les doigts dans ses longs cheveux bruns soyeux. Pourtant, la rumeur veut que tu te sois fait battre. Il paraît que tu ne t'es même pas défendu lorsqu'ils t'ont taxé. WOW! T'es courageux. Un vrai héro des temps modernes!

Dagathan regardait Sarah se pavaner devant lui et il se mit à la détester encore plus. Elle parlait sans prendre de pauses et gesticulait à outrance. Son regard fut attiré par les mains de Sarah qui ne cessaient de faire de grands cercles. Il remarqua les bagues qu'elle portait. L'espace d'un instant, il crut les reconnaître. Bien qu'il la croisât régulièrement dans les couloirs de l'école, il n'avait jamais porté une attention particulière à sa voix et à son allure. Sa façon d'être lui rappelait, tout à coup, une personne qu'il avait, semble-t-il, déjà vue quelque part.

Fouillant péniblement le fond de sa mémoire, il se souvint de certains moments difficiles de son agression. Ce qui l'amena à se remémorer une jeune fille qui encourageait énergiquement ses agresseurs. Sarah semblait avoir d'éminentes similitudes avec cette fille que Dagathan n'arrivait toutefois pas à identifier. En tendant l'oreille attentivement, il perçut mieux la voix de Sarah qui ne cessait de jacasser et certains souvenirs refirent tranquillement surface. Un petit son aigu dans son rire cinglant le fit réagir. La mémoire venait de lui revenir.

- Sarah? rugit Dagathan, surprenant l'adolescente avec sa voix soudainement devenue rauque.

- Mon Dieu, ne serais-tu pas en train de muer, toi? Qu'est-ce qu'il y a? Tu as un drôle d'air, tout à coup...

- Puis-je te poser une question?

- Bien sûr! Quelle est cette fameuse question? demanda-t-elle sarcastiquement.

- Où étais-tu, lundi soir dernier?

Décontenancée, elle ne sut quoi dire. Dagathan attendait patiemment sa réponse.

- Euh… et bien… j'étais… à mes cours de danse. Tu dois bien t'en rappeler, j'en ai discuté avec ton frère juste devant toi.

- Tu en es certaine? demanda-t-il avec méfiance.

- Euh…. bien… oui…. pourquoi?

- Juste pour savoir. Parce que je ne me souviens pas que la rumeur disait que je me faisais taxer.

- Heu!... Oui… Oui… Je t'assure que oui. C'est… c'est ton frère qui nous l'a raconté, baragouina-t-elle.

- Je connais mon frère. Il est beaucoup plus discret que tu ne le penses, chère Sarah.

Prenant un peu plus d'assurance, il ajouta :

- Vois-tu, cette fameuse soirée où je me suis fais agresser, il y avait une voix féminine dont le timbre ressemblait beaucoup trop au tien. Et cette même personne portait de larges bagues très brillantes, comme les tiennes d'ailleurs. Elle m'a également fait ceci, dit Dagathan en arrachant d'un coup sec son pansement sous l'air déconcerté de Sarah.

Sa plaie à l'air libre, il grimaça suite au supplice qu'il venait de s'infliger par son geste stupide.

- Eh bien… Ce n'est pas moi, dit-elle d'une voix mal assurée. Bon, bien, j'ai des choses à faire, moi. Oh! Mon Dieu, j'allais complètement oublier que je devais aider une de mes bonnes copines pour notre prochaine chorégraphie. Bye.

Dagathan l'empoigna solidement par le bras pour la retenir. Se croyant prise au piège, elle le gifla sur sa joue blessée, le faisant aussitôt lâcher prise. D'un geste vif, il se couvrit le visage en poussant un cri de douleur. La force du coup avait fendu l'entaille qui, cicatrisée depuis trop peu de temps, se remit à saigner abondamment. Respirant profondément pour atténuer la douleur, il tenta de se ressaisir. Voyant Sarah s'enfuir, il s'engagea dans la même direction qu'elle avec la ferme intention de régler ses comptes.

Sarah se dirigeait avec hâte vers la sortie ouest de l'école. Dagathan, dont la plaie ne cessait de saigner, était à ses trousses, ce qui fit presser le pas de la jeune fille. Les élèves se retournaient pour regarder la scène de leurs yeux interrogateurs. Sarah, tout en continuant sa course folle, ne cessait de regarder dernière elle pour voir où en était son poursuivant. À vive allure, elle fonça dans l'estomac d'un des deux hommes qui discutaient avec la directrice. Celui-ci perdit le souffle et se recroquevilla du même coup sur lui-même. Madame Frappier, le visage empourpré, agrippa la jeune fille par le collet de sa blouse, arrêtant ainsi sa course.

- Que faites-vous, mademoiselle Paulin? demanda la directrice enragée, postillonnant entre ses dents. On ne court pas dans les couloirs de mon école! reprit-elle en secouant fortement la fille.

L'homme bousculé se releva péniblement, fit un signe de tête à son collègue et pointa le menton en direction de Dagathan. Le deuxième individu se retourna et vit l'adolescent qui s'était un instant immobilisé à la vue des deux hommes en imperméable.

- C'est lui! dit l'homme qui tentait de reprendre son souffle.

Le garçon ne demanda pas son reste et décampa en sens inverse vers la cafétéria. La peur commençait à s'emparer de lui. Il sentit une poussée d'adrénaline supplémentaire monter dans ses veines, lui procurant une énergie de survie qui le fit réagir spontanément. Presque en volant, il parvint à destination en évitant de bousculer les élèves qui se trouvaient sur son chemin. Il pénétra dans la cafétéria et vit son frère déjà attablé à l'endroit habituel. Martagol ne fut aucunement surpris de voir son frère courir ainsi, mais fut inquiet de voir son visage dégoulinant de sang.

- Marc-Alexandre, il faut que je te dise quelque chose de très, très, très important!

- Qu'est-ce qui t'arrive? Tu saignes! Où est ton bandage? Laisse-moi regarder ta blessure. Veux-tu bien me dire ce qui t'est arrivé? dit-il à Dagathan.

- Écoute-moi donc, pour une fois! somma le benjamin en retenant les mains de son frère, visiblement irrité qu'il ne lui accorde pas son attention. Je crois que j'ai retrouvé la fille qui était avec le gang à Corneau le soir de mon agression. Je suis certain que c'est elle qui m'a arrangé comme ça.

- Ah oui!? Et de qui s'agit-il?

Il n'eut pas le temps de lui répondre, voyant deux poursuivants pénétrer en tout hâte dans la cafétéria. Ceux-ci scrutèrent la pièce rapidement et virent les deux jeunes garçons qui discutaient entre eux. L'un deux pointa du doigt l'arrière de la salle en direction des frères.

- Qu'est-ce qu'ils veulent, ces deux-là? lança Martagol, surpris.

- Je ne sais pas. Je crois que ce sont des policiers qui veulent m'interroger. Madame Frappier m'a prévenu ce matin. Mais ça ne me tente pas du tout de leur parler, moi... Ce qui fait qu'ils courent après moi. Mais ce n'est pas de ça dont je veux te parler, je suis certain d'avoir retrouvé la fille...

- Calme-toi, frérot. Je vais arranger ça, dit Martagol qui voyait les deux policiers avancer vers eux. Je me demande bien pourquoi tu te sauves comme un bandit. Tu es la victime, après tout, pas le criminel! Tu devrais plutôt rester assis bien sagement et tout leur expliquer.

- Je ne peux pas, car madame Frappier m'a demandé de ne rien révéler de mon agression, même si je crois que tout le monde est au courant, maintenant. Elle m'a bien fait comprendre qu'à cause de moi, on pourrait perdre une bourse de cent mille dollars attribuée à la meilleure école du Québec. Alors, tu comprends que je ne peux rien dévoiler de mon agression, je dois juste dire que j'ai trébuché sur une pierre à ma sortie de l'école.

Pendant qu'il continuait ses explications à son frère qui était complètement ahuri par ces révélations, une secousse ébranla l'école, provoquant un silence à l'intérieur des murs. Tout le monde cessa ses activités pour regarder le plafond qui venait de laisser tomber un peu de poussière. Ils se regardèrent tous, l'air affolé.

Les deux acolytes en imperméable, quant à eux, poursuivaient leur route en direction des deux adolescents. Soudain, une seconde secousse, encore plus puissante que la précédente, déclencha la sonnerie d'alarme habituellement utilisée lors des exercices annuels d'alerte au feu pour annoncer un problème certain dans l'école.

Au son de ce timbre sourd retentissant à petits coups saccadés, il n'en fallut pas plus pour que les élèves paniqués s'acheminent vers les sorties prévues en cas de danger. La sonnerie d'alarme fut accompagnée d'un message du surveillant invitant les jeunes à se diriger hors de l'établissement dans le plus grand calme possible.

Devant la situation d'urgence, les deux individus accélérèrent le pas vers Martagol et Dagathan. Tout en jouant du coude dans la masse d'élèves, les deux hommes qui se dirigeait à contre-sens arrivèrent enfin près des frères. Persuadé de rétablir les faits en faveur de son jeune frère, Martagol défia du regard son interlocuteur.

- Où est-il? demanda l'homme.

- Qui, « il »? Si c'est mon frère que vous cherchez, vous ne le voyez pas? Il est à côté de moi, bien sûr, répondit Martagol en regardant à sa droite, puis à sa gauche.

Mais, à sa grande surprise, Dagathan avait disparu.

- Très drôle, reprit l'autre homme en regardant Martagol par-dessus ses lunettes, agacé par l'attitude de celui-ci.

- Mais je vous assure, il était juste là, près de cette chaise, à côté de moi! Et d'ailleurs, que lui voulez-vous, à mon frère? Vous courez après lui comme si c'était un criminel. À ce que je sache, il est plutôt une victime et vous devriez le traiter de la sorte!

La secousse qui interrompit Martagol saisit tout le monde par surprise. On ne s'attendait pas à une telle amplitude. La poussière commença à tomber du plafond suspendu de la cafétéria. Quelques tuiles et de gros morceaux de plastique moulé se retrouvèrent sur la tête de certains élèves, qui poussèrent des cris d'effroi. Réalisant que ce ne pouvait pas être un exercice d'évacuation, comme plusieurs semblaient le croire au début, la foule accéléra le pas, empruntant même les fenêtres.

- Nous ne devons pas rester ici. Venez, insista l'un des deux hommes.

À la file indienne, ils suivirent la masse humaine dans le couloir. Martagol, coincé au centre par les deux policiers, ne cessait de se faire du souci pour son jeune frère. Lorsqu'il aperçut un mur qui s'était fendu sous l'impact de la secousse, l'angoisse le prit au tripes.

- Il faut que je retrouve mon frère, dit-il à l'homme derrière lui.

- Écoutez, jeune homme, nous n'avons plus grand temps. Il faut absolument que nous sortions d'ici avant la prochaine secousse.

- Comment savez-vous qu'il y en aura une autre? questionna le garçon.

- Il y en aura une autre, croyez-moi.

- Dans ce cas, il faut à tout prix que je retrouve mon frère au plus vite, répéta Martagol en sortant de la file d'élèves.

Voulant retenir le jeune adolescent qui avait pris une autre direction, les deux hommes essayèrent de se frayer un chemin au milieu de quelques élèves hystériques. Martagol était plus rapide et se faufilait dans la cohue, les abandonnant loin derrière lui. La connaissance de l'école était un atout indéniable pour l'aider à disparaître aussi facilement. Tout en jetant des coups d'œil un peu partout pour retrouver son frère, il regardait fréquemment en arrière pour vérifier si les deux hommes étaient toujours à ses trousses. Satisfait de les avoir semés, il put s'adonner librement aux recherches qui s'annonçaient plus aisées sans personne sur ses talons.

Scrutant minutieusement les alentours, il repéra enfin son jeune frère qui était en train de se quereller énergiquement avec une personne que Martagol reconnut sans difficulté pour l'avoir

tant de fois imaginée dans ses rêves les plus
fous. Soudain, il vit son frère saisir la fille par les
épaules et l'écraser contre un mur, lui coupant
toute retraite possible.

Martagol avançait prudemment pour
ne pas se faire remarquer du surveillant qui
recommandait aux élèves encore présents de
sortir au plus vite. Arrivé près de Dagathan, il
lui ordonna de lâcher Sarah.

- Ne vois-tu pas que tu lui fais mal? Lâche
Sarah, petit imbécile!

- Ouais, écoute ton frère, petit morveux,
et lâche-moi avant que je te casse le nez, O.K.?
cracha Sarah qui avait repris de l'assurance en
remarquant Martagol près d'elle.

- Toi, l'idiote, ferme-la! cria Dagathan en
postillonnant au visage de la jeune fille.

Ne lâchant pas sa prise, qu'il tenait fermement
par les épaules, le benjamin tourna la tête vers son
frère et, le front plissé et les dents serrées, il lui jeta
un regard féroce en l'avisant d'un ton tranchant
de se mêler de ses affaires. Martagol fut si étonné
de percevoir autant de haine et de rage dans le
regard de son frère, habituellement si doux, que
son poil se hérissa devant ce masque de colère.
Pour l'apaiser, il posa doucement ses mains sur les
épaules de son frère.

- Lâche-la! Elle ne t'a rien fait. Lâche-
la, insista Martagol, sous les yeux fulminants
de Sarah.

- C'est ce que tu crois! C'est elle qui m'a défiguré ainsi, reprit Dagathan en relâchant sa surveillance une fraction de seconde de trop.

Profitant de la situation, Sarah enfonça son genou dans l'entrejambe de Dagathan, qui lâcha aussitôt prise pour s'écrouler sur le plancher en gémissant de douleur. La jeune fille n'attendit pas la suite et s'enfuit rapidement. Martagol s'approcha de Dagathan pour lui venir en aide et essaya de calmer sa rage.

- Ça va?

- Ahh!! J'aimerais bien te dire que oui, mais ce n'est pas le cas. Cette conne-là, elle va me le payer.

- Tu es sûr que c'est elle qui t'a infligé tes blessures au visage? lui demanda Martagol en aidant son benjamin à se relever.

- Ouais, maintenant j'en suis certain. En revenant de chez madame Frappier, je l'ai croisée et elle s'est mise à me questionner au sujet de mon agression. C'est en l'écoutant dire ses âneries que j'ai eu un *flash*. Tout m'est revenu d'un seul coup. Je l'ai même revue, de mémoire, ne cessant de me ridiculiser avec son air hautain, si sûre d'elle, protégée par son *chum* et ces deux connards. Du même coup, j'ai reconnu les bagues qu'elle portait et j'ai su immédiatement que c'était elle qui m'avait frappé au visage.

Dagathan continua de déblatérer. Les mots coulaient de sa bouche comme la rivière suivant son cours. Gesticulant, criant, hurlant, crachant, il ne réalisa pas que son grand frère ne l'écoutait plus. Celui-ci, le regard vide, complètement défait, n'avait retenu du discours que les mots « Sarah » et « chum ». Il en était anéanti.

- Marc-Alexandre, Marc-Alexandre, je te parle, à la fin! cria le plus jeune frère, quelque peu offusqué.

- Hum! fit l'aîné, peiné de ce qu'il venait d'apprendre.

Réalisant soudain la tristesse de son frère, Dagathan déposa sa main sur l'épaule de son aîné en guise de réconfort. Oh... Je comprends... « Je te l'avais bien dit, qu'elle n'était pas pour toi », songea-t-il. Se rapprochant de Martagol pour le prendre dans ses bras, il leva les yeux vers le fond du couloir et aperçut les deux hommes en imperméable qui tournaient au coin du mur.

- Pas encore ces deux cons-là!! lâcha-t-il dans l'oreille de Martagol tout en fixant les policiers qui s'acheminaient vers eux, en marmonnant et gesticulant.

- Quoi? Qui ça? reprit l'aîné en se retournant. Ils sont encore là?!

- Eh! Vous deux! criaient les poursuivants d'une voix forte afin de couvrir le bruit des alarmes de pompiers qui arrivaient sur les lieux pour aider à l'évacuation et sécuriser l'endroit. Attendez, nous voulons seulement vous parler!

- Pour ça, ils attendront. Allez, viens. Ne restons pas ici une minute de plus, proposa Martagol en saisissant la main de son frère. Je les trouve un peu trop entreprenants à mon goût. Tournons ici et entrons dans cette salle. Nous sortirons quand ils seront enfin passés.

Essoufflés, ils fermèrent doucement la porte derrière eux en espérant les avoir semés.

- Qu'est-ce que vous faites, vous deux? cria un garçon du fond de la pièce. Il faut s'en aller! Vous n'entendez pas l'alarme?

- Simon? Qu'est-ce que tu fais dans la salle de retenue? questionna Dagathan. Tu n'es pas sorti de l'école avec les autres?

- C'est ce que je m'apprêtais à faire avant que vous ne fermiez la porte. Ouvre-la, que nous décampions!

Mais ils n'eurent pas le temps de discuter plus longtemps. Un violent tremblement secoua à nouveau le bâtiment. Cette fois-ci, des morceaux de plâtre tombèrent du plafond et une énorme fente s'ouvrit sous leurs pieds. Le mouvement du plancher les faisait tanguer comme le ferait un raz-de-marée. La fissure sur le sol s'agrandit pour laisser la place à un large ravin de plusieurs mètres de profondeur. Les anciennes fondations de l'école cédèrent sous l'impact brutal du séisme et de larges fragments de murs du bâtiment tombèrent dans l'abîme. Le mur extérieur s'était effondré et laissait place à un gigantesque trou d'où on pouvait voir le terrain de football. Les adolescents essayèrent tant bien que mal de se retenir après quelques chaises et pupitres, mais ces derniers ne restaient jamais longtemps en place. Même la bibliothèque, solidement fixée au mur, s'était détachée et tanguait dangereusement vers l'avant.

Soudain, la porte s'ouvrit sous l'impact des deux individus qui avaient entendu les garçons hurler à l'aide. La situation était des plus alarmante. Sous les mouvements incessants du séisme, les deux hommes évaluèrent rapidement la marche à suivre d'un sauvetage qui risquait d'être assez ardu. Les adolescents étaient séparés les uns des autres, ce qui réduisait considérablement les chances d'être secourus en même temps. Il fallait donc les extirper des décombres un à la fois, en espérant que les secousses cesseraient définitivement et le plus tôt possible.

Tel ne fut pas le cas. En voulant commencer par Simon, qui était le plus près d'eux, la faille s'agrandit de plus belle, faisant perdre pied au garçon qui étira le bras pour tenter d'attraper la main de son sauveteur. Il rata sa cible et tomba durement tête la première sur un palier de pierres situé plusieurs mètres plus bas.

- Simon! Simon! hurla Dagathan.

chapitre 11

- Faites quelque chose! Il faut l'aider! On ne peut pas le laisser comme ça, c'est mon meilleur ami! criait Dagathan, en larmes.

- Calme-toi, que je réfléchisse, ordonna Martagol.

- Toi, réfléchis si tu veux, répondit Dagathan en cherchant un moyen de descendre en s'accrochant aux parois.

- Non, messire, ne faites pas ça! C'est beaucoup trop dangereux, cria un des deux hommes.

En entendant ces mots, Dagathan s'immobilisa et regarda l'individu droit dans les yeux.

- Comment m'avez-vous appelé? questionna-t-il.

- Heu! Messire, répéta l'homme.

- Mais qui êtes-vous? demanda Martagol, étonné.

- Nous n'avons pas le temps de vous expliquer, messire. Il faut absolument que nous vous sortions de cet enfer. Donnez-nous la main pour que nous puissions partir au plus vite, dit l'homme en étirant le bras vers Dagathan.

- Non! Si vous nous nommez par nos titres de noblesse, c'est que vous venez de notre monde, n'est-ce pas?

Découragés, les deux individus se regardèrent. Sachant que le temps leur était compté, ils devaient agir rapidement afin d'accomplir convenablement leur mission.

- Oui, messire, répondirent les deux hommes en chœur.

- Alors, qui êtes-vous? reprit Martagol.

- Prince Martagol, commença l'un d'eux, nous sommes Jules et Maurice, les messagers de votre père, le roi Zebban.

- Pourquoi des messagers? Qu'y a t-il de si important pour que père vous dépêche vers nous? Ce n'est certainement pas à cause de ma dernière retenue, demanda le plus jeune des frères.

- Non, prince Dagathan, nous devons vous ramener au château, car il se trame de sombres intrigues. D'ailleurs, ce tremblement de terre que nous subissons n'y est pas totalement étranger.

- Mais que se passe-t-il? interrogea de nouveau Martagol.

- Écoutez, messire, notre temps est compté. Donnez-moi votre main, prince Martagol, et une fois sortis de ce mauvais pas, nous vous raconterons tout ce que vous voulez savoir.

Martagol hésitait, mais tendit sa main qui fut rapidement empoignée par l'homme devant lui. Le hissant à ses côtés, l'aîné fut pris en main par Maurice qui le conduisit à l'abri dans le couloir.

- À vous, prince Dagathan! Tendez votre bras!

- Non! dit-il en continuant sa descente en direction de son meilleur ami.

- Que faites-vous? Laissez-le! Il faut partir!

Le garçon décida que tout avait été dit et ne prêta plus l'oreille à l'individu qui continuait, malgré tout, d'insister pour qu'il remonte. Tranquillement, il déposa son pied sur un rempart de pierre afin de se donner une prise ferme qui lui permettrait de se stabiliser adéquatement. Sous l'œil attentif de Jules, il prenait bien soin de s'agripper solidement avant d'effectuer chaque mouvement.

- Simon! Simon! Réveille-toi! Il est seulement évanoui, cria-t-il au messager.

- Faites attention, messire.

- Oui, oui! Ne craignez rien, je fais att… Ah!! hurla-t-il en glissant plus bas.

En plus de craqueler les murs et le plafond, le séisme avait fragilisé les fondations de l'établissement. Les pierres et les roches, normalement entassées les unes contre les autres depuis des centaines d'années, s'étaient dissociées et rendaient l'escalade difficile et peu sécuritaire. Le cœur battant à tout rompre, Dagathan s'agrippa de nouveau aux rebords escarpés. Lorsqu'il posa le pied sur la plate-forme où reposait, inerte, son meilleur ami, celle-ci céda sous son poids. Dagathan eut la présence d'esprit de saisir au vol Simon, encore inconscient, avant que celui-ci ne fasse une chute fatale. Ils se balançaient maintenant tous les deux à la paroi, comme un pendule marquant les dernières secondes de leur vie.

- Dag! Dag! Tu vas bien? s'énerva Martagol qui, trouvant le sauvetage de son frère beaucoup trop long, était revenu près du gouffre.

- Oui, nous sommes encore là, mais pas pour longtemps...

- Où es-tu? On ne vous voit plus. Il fait tellement noir, là-dedans. Vous allez toujours bien?

- Ben! Pour tout dire, pas vraiment. Je n'ai plus de forces. Je crois que je vais lâcher prise...

- Hé! Frérot, tiens bon, je vais descendre te chercher, dit Martagol qui s'apprêtait courageusement à rejoindre son frère.

Il fut retenu par Maurice qui le traîna hors de la pièce.

- Non, messire. Vous ne pouvez rien pour eux. Il vous arrivera le même sort si vous vous entêtez à vouloir les sauver.

- Hé! C'est mon frère! cria Martagol au visage de Jules. Lâchez-moi, je vous dis de me lâcher, sans cœur!

Le corps trempé de sueur après tant d'efforts pour se libérer de l'emprise de Maurice, qui le retenait avec force, il baissa la tête, vaincu. Ses yeux se remplirent de larmes.

- Vous n'êtes pas supposés nous aider? dit-il dans une dernière tentative. Ne sommes-nous pas vos seigneurs, après tout? Vous nous devez respect et obéissance.

- Nous obéissons aux ordres du roi avant tout, et les siens sont de vous ramener sains et saufs.

- C'est justement le temps d'exécuter ses ordres. Mon frère a besoin d'aide. Allez-y, au lieu de perdre votre temps!

- Martagol? Tu es toujours là? cria Dagathan du fond de l'abîme.

- Oui! répondit l'aîné, le cœur serré.

Prenant une grande inspiration pour se calmer, Jules s'agenouilla près du fossé. Sachant que Maurice avait la situation bien en main en retenant Martagol, il pencha la tête vers l'avant et pria Dagathan de l'écouter attentivement.

- Prince Dagathan, m'entendez-vous clairement?

- Oui, mais pas pour très longtemps. J'ai bien peur de devoir vous quitter prochainement...

- Pas du tout, messire. Vous allez rester encore un bon bout de temps avec nous. Avez-vous votre prisme avec vous?

- Oui, pourquoi?

- Alors, utilisez-le.

- Si je l'utilise, je devrai lâcher Simon et ça, je ne le peux pas.

- Alors, tenez-le bien et utilisez-le. C'est la seule chance de vous en sortir.

- Mais Simon devra venir avec moi! Vous savez que je ne peux emmener personne du monde des humains avec moi! Père sera furieux!

- Messire Dagathan, utilisez votre prisme, je

vous en conjure! J'en répondrai personnellement devant le roi Zebban.

- D'accord! Si vous me jurez que c'est vous qui serez grondé par mon paternel, ça me va.

- Vous avez ma parole d'honneur, messire Dagathan.

Dagathan se concentra pour canaliser le maximum d'énergie qui l'aiderait à passer dans l'autre monde. Ce que lui demandait Jules était simple. Cependant, le fait de n'avoir jamais effectué de passage avec une personne supplémentaire compliquait les choses. Son prisme serait-il assez puissant pour transporter deux personnes à la fois? Même s'il le pouvait, comment Simon se comporterait-il, une fois de l'autre côté?

Le temps filait à grande vitesse et Dagathan considéra qu'attendre encore serait suicidaire. Se retenant par une main à la paroi et tenant de l'autre son ami, il ne pouvait pas saisir le prisme attaché solidement à une chaîne en or torsadée qu'il portait autour de son cou. Il prit une grande inspiration et courageusement, il lâcha prise. En une fraction de seconde, il saisit son prisme de sa main libre et prononça l'incantation :

« Ô pioramaid dhe solas
Giùlan bhur clann
Air an stuagh dhe ar muir
Seo far mi their bi beò »

Au même instant, une lumière violacée éblouissante apparut comme un éclair déchirant les cieux. Dagathan et Simon disparurent aussitôt dans un fracas, suivi d'un lourd silence.

chapitre 12

Dagathan maintenait toujours solidement Simon dans le creux de son bras afin qu'il ne coule pas comme une roche au fond de l'eau. Ressentant l'effet de la fatigue, il s'efforçait de nager le plus rapidement possible avant que son ami ne reprenne conscience. Tout en s'exécutant, il pensait à ce que Simon dirait en l'apercevant. Se retrouvant en ces lieux inconnus, il en profiterait peut-être pour revenir sur cette stupide dispute de la piscine. D'un autre côté, il pourrait très bien rester stoïque. En fait, Dagathan ne savait pas comment son meilleur ami réagirait face à cette situation.

Une lumière violacée ramena Dagathan à la réalité. Cette dernière ne lui était pas inconnue puisqu'elle lui rappelait les rayons que les calmars irradiaient vers leurs proies avant de fondre sur elles.

Craintif, il remarqua cependant que cette clarté émanait de son animal de compagnie, un calmar colossal qu'il avait prénommé Bouffy. Il l'avait recueilli lorsqu'il était un minuscule calmar mesurant à peine deux centimètres.

Croyant à un agresseur d'une autre espèce qui s'apprêtait à prendre possession de son territoire, Bouffy fendit l'eau comme une torpille en direction des ennemis potentiels.

Bouffy flaira l'odeur familière de son maître, mais celle-ci était en partie masquée par une autre odeur qu'il ne reconnaissait pas. Dagathan se dirigeait lui aussi vers le calmar. Il savait très bien que si l'animal se sentait menacé, il pouvait avoir des réactions imprévisibles qui pouvaient les mettre en danger.

- Salut, Bouffy! cria Dagathan en le saluant avec de grands gestes pour le rassurer.

Une tendre lueur de joie éclaira le regard du gigantesque mollusque. Il reconnu son maître et sortit la tête de l'eau en poussant un long cri strident en signe de bonheur. Malgré l'excitation de le revoir, Bouffy n'osait approcher. Dagathan tenait dans ses bras un individu gémissant qui ne lui inspirait rien de bon. La présence d'étrangers ne plaisait guère à l'animal.

Très jeune, il avait été rejeté par sa famille. Sa mère l'avait abandonné à la naissance à cause de son allure chétive. Elle l'avait laissé aux abords du lagon mystique où vivait, semble-t-il, une affreuse créature qui, selon les dires, gardait enfouie une mystérieuse relique. Avant de le quitter, elle l'avait cruellement battu, le laissant pour mort en espérant que la créature finisse le travail. Grâce à sa bonne étoile, les courants marins favorables, ce jour-là, le firent dériver vers les bassins de pratique où le jeune Dagathan et ses amis prenaient leur leçon de natation. D'une grande sensibilité et amoureux de la nature, le garçon décida de garder le petit animal très mal en point, malgré l'interdiction de ses parents et de son maître d'école. En cachette, il l'avait soigné, nourri et cajolé jusqu'à ce que la gouvernante du moment, Lucy, le surprenne.

La colère de Zebban devant la désobéissnce de son fils fut terrible. Le roi lui ordonna de se départir de la bête sur-le-champ. Heureusement que Bouffy, qui mesurait près d'un mètre et demi, pouvait dorénavant subvenir seul à ses besoins. Dagathan continua malgré tout à voir Bouffy en prenant soin, bien sûr, de rester très discret afin de ne pas être pris en flagrant délit. Bouffy, qui était très attaché au jeune prince, conserva une certaine hargne envers les étrangers.

L'enfant garda toujours contact avec le mollusque et allait nager avec lui de temps en temps.

- Ça fait longtemps qu'on ne s'est pas vu, mon vieux! Viens, Bouffy. Approche-toi.

Bouffy dévisageait Dagathan, ou plutôt la personne flottant à ses côtés. Dagathan comprit vite que la réserve du calmar était due à son appréhension envers Simon.

- Allez, gros bêta, n'aie pas peur, c'est un ami, mon meilleur ami, dit Dagathan avec un léger pincement au cœur. N'aie pas peur, il ne te fera pas de mal, il est sans malice.

Le mollusque s'approcha doucement en fixant toujours Simon d'un air perplexe.

- Voudrais-tu m'aider à le transporter jusqu'à la rive, s'il te plaît? Inconscient, Simon est très lourd et je n'ai plus assez de forces pour le retenir. Je suis trop épuisé.

Bouffy hocha la tête. Il agrippa Dagathan d'une tentacule et Simon d'une autre. Durant le parcours menant à la rive, Dagathan raconta à Bouffy ce qui s'était passé pour qu'il se retrouve ici avec un inconnu. Aux abords du rivage, le calmar déposa Dagathan sur le sable chaud et laissa tomber lourdement Simon à côté de celui-ci.

- Bouffy! Ne fais plus ça, compris? dit Dagathan, choqué de voir son ami secoué ainsi.

Sur le coup, Simon se frotta la tête en grimaçant. Il se frottait les yeux, se réveillant lentement, lorsqu'il vit Bouffy. Apeuré, il s'écria, les yeux exhorbités.

- AHHHHHHH! MAIS QU'EST-CE QUE C'EST QUE CETTE CHOSE-LÀ!? MA FOI, C'EST UN CALMAR!?

Bouffy, effrayé par les cris de Simon, sursauta. Reculant à l'aide de ses longues tentacules, il projeta une masse d'eau sur la rive, éclaboussant du même coup les deux jeunes adolescents. Terrifié, Simon recula lui aussi en rampant sur le sable blanc.

- Mais qu'est-ce que ce calmar fait ici? demanda Simon, affolé.

- Tais-toi, Simon! Ne dis plus que ce n'est qu'un simple calmar, murmura Dagathan, ça pourrait le rendre agressif. Déjà qu'il est plus petit que la moyenne... C'est un calmar co-los-sal! reprit-il en haussant la voix pour que Bouffy l'entende.

- Plus petit que la moyenne? Mais il est énorme! Bon sang! Où sont mes lunettes?

- Les autres mesurent plus de vingt mètres et lui n'en mesure que dix-neuf.

- Il est monstrueux! s'étrangla Simon en regardant Dagathan flatter une tentacule de Bouffy, afin de le calmer. Bon sang, mais où sont mes lunettes?

- Bah! Au fil du temps, tu t'y habitueras, continua Dagathan qui ignora sa question. Bouffy n'a aucune méchanceté. Il ne ferait pas de mal à une mouche. C'est un grand sensible. Mais quand on le traite comme un vulgaire calmar, il se sent un peu vexé. C'est normal après tout. Merci beaucoup, Bouffy, de nous avoir ramenés au rivage. Maintenant, tu peux nous laisser seuls et ne t'en fais pas, Simon n'a pas voulu te faire peur. Tu sais, il vient d'un autre monde.

Le mollusque considéra l'ami du prince qui ne saisissait pas le sens des propos de Dagathan concernant un autre monde. Bouffy émit un cri guttural semblant signifier qu'il comprenait maintenant sa réaction.

Dagathan s'approcha de l'animal et appuya sa tête sur celui-ci. Il le caressa tendrement.

- Ça fait du bien de te revoir, Bouffy, murmura Dagathan, le cœur rempli d'amour. Bon! Maintenant, nous devons y aller.

Bouffy glissa dans l'eau, laissant Dagathan seul avec Simon qui, à quatre pattes, cherchait toujours ses lunettes. Dagathan secoua son pantalon pour enlever le sable collé sur ses vêtements.

- Désolé, il fallait que je le remercie et lui manifeste mon affection. Il est très émotif, tu sais. Chaque fois que je le vois, ça me rend tellement heureux! Ça faisait si longtemps. Toi, ça va mieux? Mais, que fais-tu à marcher à quatre pattes dans le sable? lui demanda-t-il, intrigué.

- J'ai perdu mes lunettes et non, je ne vais pas mieux. Sans mes lunettes, je vois embrouillé et ça me donne des migraines Qu'est-il arrivé? Où sommes-nous et pourquoi converses-tu avec ce... ce calmar... géant? Bon sang, où sont-elles?

- Tu les a perdues.

- Où ça?

Il se massait le crâne afin de soulager la douleur.

- Et bien, tu te souviens, lorsque tu étais dans la bibliothèque…

- Oui, très bien. Et je me rappelle aussi quand j'étais accroché à la fissure du plancher. Je n'ai pas oublié non plus quand je suis tombé et que j'ai cru que c'était ma dernière heure. Après… plus rien…

- Tu es tombé, et puis tu as perdu conscience. Au moment où tu as chuté, tes lunettes se sont fracassées sur la paroi et sont tombées au fond de l'abîme. Je ne pouvais pas te laisser là, gisant sur les bords du précipice comme un caillou qui risque de basculer à tout moment. Alors je suis parti te chercher. Je suis descendu dans ce trou sans fin pour te sortir de là.

Simon l'écoutait raconter son histoire. Il fut ému du geste posé par Dagathan à son endroit, mais aussi un peu gêné. Les reproches qu'il lui avait adressés à la piscine le rendaient un peu honteux.

- Merci, fit-il, le visage rougi par l'émotion.

- Ce n'est rien. C'est tout à fait normal. Tu es quand même mon meilleur ami, après tout.

- Où sommes-nous? demanda Simon pour changer de sujet.

Dagathan évita son regard, ne sachant quoi répondre.

- J'apprécierais beaucoup que tu répondes à ma question cette fois-ci, s'il te plaît.

- Nous sommes dans un autre monde.

Simon le regarda d'un air incrédule. Dagathan venait à peine d'en parler avec Bouffy, mais il ne pouvait y croire. « Ça recommence encore, se dit-il à lui-même. Il continue de me mentir. Ce n'est pas vrai, dites-moi que je rêve? »

- Tu ne sembles pas me croire! Pourtant, c'est bien la vérité, reprit Dagathan.

- Ah oui! Et c'est quoi, cet autre monde? lança Simon en se moquant.

- C'est le monde des Courtamines, un monde parallèle à celui des humains.

- Parallèle à celui des humains? Tu veux dire que nous ne sommes pas sur la terre ferme? demanda Simon en regardant tout autour de lui.

- Nous sommes sur la Terre, mais dans un monde parallèle.

- Ridicule. Tu ne sais même plus quoi inventer pour te rendre intéressant. Pourquoi ne m'as-tu jamais parlé de ce monde auparavant?

- Je ne te l'ai jamais dit, parce qu'il fallait que ça reste un secret.

- Tu me fais marcher? Ce ne sont que des histoires à dormir debout. Alors, je te le répète, des amis sont supposés tout se raconter et tu aurais oublié de me parler de cet autre monde, merci pour ta confiance!

- Ah! Simon, ne recommence pas avec tes reproches. Je sais que j'aurais dû t'en parler avant, mais je n'avais pas le choix de garder ce secret pour moi. Je te fais totalement confiance, Simon, mais je te répète qu'il fallait que ça reste confidentiel.

- O.K., et pourquoi connais-tu si bien ce monde de Court... tepointe?

- Courtamines, Simon, Courtamines. Eh bien, parce que c'est le mien.

- Le tien?

- Oui, le mien. C'est ici que je suis né.

Stupéfait, Simon recula d'un pas en regardant Dagathan retirer les postiches qui recouvraient ses oreilles.

- Tes oreilles… sont… sont comme… des nageoires de poisson!

- C'est une des particularités de mon peuple. Comme tu as pu le remarquer, nous sommes d'excellents nageurs, pour la bonne raison que nous sommes des mammifères marins. C'est aussi simple que ça.

Simon se retourna vers la mer et la fixa un long moment. Le regard perdu et l'esprit ailleurs, il se devait de prendre une pause afin d'assimiler toutes ces nouvelles informations. Dagathan le laissa réfléchir quelques instants en silence.

- C'est incroyable. Un autre monde sur la Terre, en parallèle, reprit Simon. Maintenant, je comprends. C'est donc pour ça que tu ne voulais pas m'expliquer la raison pour laquelle tu nageais si bien! Pourtant, tu sais très bien que jamais je n'aurais dévoilé ton secret.

- Je sais, mais tu vois, j'ai des règles à respecter.

- Je comprends, dit Simon en baissant la tête.

Au même moment, les deux jeunes perçurent des bruits lointains. Ils regardèrent vers l'horizon et virent des soldats se diriger vers eux. Tous étaient vêtus d'un pantalon ajusté tombant à mi-hauteur du mollet. Leurs thorax étaient protégés par des plastrons arborant en leur centre un hippocampe gravé. Leurs cheveux longs étaient retenus en queue de cheval par une huître, et leurs têtes étaient coiffées de casques en forme de bol à soupe. Des torques de bronze torsadés, à l'instar des colliers métalliques rigides que les Celtes portaient durant l'Antiquité, scintillaient à leur cou et à leurs chevilles.

Pieds nus, ils avançaient d'un pas cadencé vers Simon et Dagathan et pointaient d'un air féroce leurs tridents vers eux.

- *Aon ghabhàltas! Stad!* hurla l'homme qui devançait le groupe.

- Franchement, une invasion, se moqua Dagathan. Ces soldats. Ils ont de ces idées, dit-il à Simon qui regardait, méfiant, les hommes armés se diriger vers eux. Vous voyez bien que nous sommes seulement deux adolescents, répliqua-t-il à l'homme. Comment voulez-vous que nous envahissions qui que ce soit à deux?

- Qui va là? demanda la voix autoritaire du chef de groupe en sortant son glaive de son fourreau. Qui êtes-vous? répéta-t-il.

- Euh… eh bien… je suis…

Dagathan n'eut pas le temps de répondre que déjà, le chef posait un genou sur le sol, la main droite sur le cœur, imité par sa troupe.

- Prince Dagathan, il y a si longtemps. Comme vous avez grandi! Nous vous avions pris pour des assaillants!

- Prince Dagathan? Mais ton nom n'est pas David? Quelqu'un peut-il m'expliquer, s'il vous plaît?

- Je suis heureux de vous revoir, capitaine Ivann. Y a-t-il un problème? demanda Dagathan.

- Non, non, dit le chef avec une légère hésitation dans la voix. Nous venions seulement vérifier qu'il n'y ait pas d'étrangers sur le rivage. Avec tout ce qui se passe au château en ce moment, il faut se méfier. Nous avons été avisés que des individus tentaient une intrusion vers notre monde à cause d'une lumière éblouissante aperçue par nos sentinelles. On nous a donc sommés d'aller au-devant pour nous assurer qu'aucun intrus ne pénètre en ces lieux. Il faut être très prudents, vous savez.

L'un des gardes fut attiré par le regard de Simon qui l'observait attentivement d'un air interrogateur. Le garçon remarqua plusieurs similitudes avec Dagathan. Notamment les oreilles, les doigts et les orteils ainsi que les taches parsemées sur le corps.

- Qui est ce garçon avec vous, prince Dagathan? questionna le garde en pointant du doigt l'adolescent aux côtés de son maître.

- C'est mon ami, mon meilleur ami. Il se nomme Simon, répondit-il, entourant de son bras les épaules de celui-ci.

Simon redressa les épaules et bomba le torse en signe de fierté.

- De quel peuple est-il? demanda le garde.

- Il est du monde des humains.

Les gardes se regardèrent un moment et jugèrent qu'il n'était d'aucune menace pour eux et le royaume, puisque le prince affirmait qu'il était son ami.

- Pardonnez-moi, capitaine Ivann, interrompit Dagathan. À l'instant, vous avez mentionné qu'il se passe des évènements étranges au château. Qu'arrive-t-il exactement et pourquoi autant de précautions? demanda-t-il, soucieux. Ce n'est pas dans les habitudes du château d'envoyer des gardes quand il y a des tranferts entre les mondes?

- Vous n'êtes pas au courant? répondit le capitaine.

- Euh… non…

- Écoutez, il serait préférable que vos parents vous entretiennent à ce sujet. Suivez-nous, nous vous conduisons sur-le-champ au château.

Les gardes et les deux adolescents empruntèrent un sentier boisé menant au château. Ils passèrent sous une arche fournie d'une multitudes de feuilles de vigne flottant dans les airs. Étonnemment, rien ne les retenait au sol, pas une seule racine. Simon était fasciné par cette nature bien différente de ce qu'il connaissait. Il se demandait bien comment les feuilles pouvaient pousser et flotter ainsi, sans attaches. Laissant son imagination s'envoler comme les feuilles, il songea avec appréhension à tout ce que lui réserverait ce monde inconnu.

Le petit groupe arriva finalement de l'autre côté. Devant eux se dressait le gigantesque royaume des Courtamines. Se tenant sur la plage de sable blanc, Simon regardait la mer qui se perdait tout au loin; là où le ciel et l'eau ne faisaient qu'un. N'ayant jamais vu la mer de près, il n'aurait pu s'imaginer que cette vaste étendue d'eau turquoise pouvait être, à elle seule, aussi belle et aussi troublante. À quelques kilomètres de la plage était érigé le palais royal. Entouré d'une multitude d'îles et de petits rochers plats ressortant de l'eau tels de petites mines marines remplies d'explosifs le protégeant de ses ennemis, le château de cristal en forme de diamant inversé et possédant trois tours à son sommet avait été sérieusement endommagé.

À la vue du va-et-vient à l'intérieur de l'immense palais royal, Simon avait le souffle coupé de cette agitation visible de l'extérieur grâce aux parois transparentes. Il ne pouvait se douter que les trois quarts de la structure étaient, en fait, immergés.

- Mais que s'est-il passé? demanda Dagathan, bouleversé.

Son cœur avait un instant cessé de battre devant le spectacle désolant qu'il avait sous les yeux.

- Nous avons subi une attaque. Je suis désolé. Ce n'est certes pas la journée idéale pour un retour chez soi.

- En effet, capitaine Ivann.

Dagathan, bien que se trouvant de l'autre côté de la rive, pouvait deviner l'étendue des dégâts.

- Qui a fait ça? demanda le prince en serrant les dents.

- Nous ne le savons pas encore. Tout ce que je peux vous dire, c'est qu'ils ont escaladé les parois du côté sud un peu avant l'aube, pendant que tout le monde dormait encore, déjouant ainsi nos sentinelles. Nous ferions peut-être mieux de rentrer, messire. La nuit va bientôt tomber et il ne serait pas prudent de rester ici.

- Bande de sauvages!

- Je ne vous le fais pas dire, prince Dagathan.

Encore sous le choc, Dagathan ne cessait de fixer ce désastreux tableau. Des milliers de questions se bousculaient dans sa tête. Qui pouvait en vouloir autant à son peuple? Il ne comprenait rien à la situation. Quant à Simon, ses yeux restaient rivés sur la scène, mais pour d'autres raisons. Il se demandait ce qu'il allait découvrir encore.

- Messires! Messires! répétait doucement le capitaine aux deux adolescents complètement perdus dans leurs pensées en secouant leurs épaules.

- Hein! Quoi? répondirent-ils simultanément.

- Pardonnez-moi, mais nous devons nous rendre au palais royal sans tarder. Mes hommes vont appeler les transports qui nous mèneront au château, expliqua le capitaine, un peu inquiet de l'attitude du jeune prince. Vous sentez-vous bien, sire?

- Oui, répondit Dagathan sans trop de conviction, ne pouvant quitter des yeux la vision du désastre.

- Je comprends votre détresse, sire, mais il faut y aller.

Le capitaine Ivann se tourna vers ses hommes, et leur ordonna d'appeler sans plus tarder les narvals. Les gardes se rapprochèrent de la rive et saisirent un long instrument bleuâtre en forme de coquillage accroché à leur ceinture. Tout en portant l'objet à leur bouche, ils prirent une grande inspiration et soufflèrent à l'intérieur. Des sons sourds émergèrent de l'instrument. Dagathan et Simon sortirent alors de leur mutisme.

- Mais, qu'est-ce que c'est? demanda Simon, visiblement surpris.

- Ce sont des *marquillons* qui produisent ces sons, expliqua Dagathan. L'apprentissage des techniques de fabrication de cette corne en forme de coquillage requiert plusieurs années de travail. Seuls les élèves les plus doués réussissent à fabriquer à la perfection ces instruments. Ils doivent maîtriser leur art, mais surtout, respecter l'outil en soi.

- Vous respectez des flûtes? déclara l'ami du prince en haussant les sourcils. Ce ne sont que des objets, après tout!

- Non, justement. Vois-tu, quand un Courtamine fabrique un tel instrument, il y laisse une partie de lui-même. C'est comme l'âme pour le corps. Il doit prendre soin de cet objet autant que de lui-même. Il fait partie de lui. Non, en fait, c'est plutôt une partie de lui. Tu comprends?

Simon le dévisageait sans trop comprendre toute la portée de ses mots.

- Capitaine, reprit Dagathan en se retournant vers lui, pourquoi faisons-nous appel aux narvals? Sommes-nous en état d'alerte? Nous pouvons nous rendre au château sans nos vaisseaux. Même si Simon n'est pas un très bon nageur, un de vos gardes pourrait le porter à destination sans trop d'efforts?

- Vous êtes sous ma responsabilité et je dois vous ramener sain et sauf, sire. Je ne veux prendre aucun risque.

- Sommes-nous si menacés?

- Vous n'avez qu'à jeter un coup d'œil au palais royal, sire, coupa l'officier.

Voyant la mine dépitée de Dagathan qui regardait le palais, Simon voulut en savoir plus.

- Bon, que faisons-nous maintenant, capitaine? demanda Simon qui commençait à trouver la situation quelque peu embarrassante.

- Nous attendons les transports.

- Pour aller où?

- Au château du roi Zebban.

- Nous ne retournons pas à l'école? interrogea Simon d'une voix troublée.

- Ne vous en déplaise, je dois vous ramener au palais, trancha le capitaine Ivann.

- Dans ce cas, pourquoi avons-nous besoin d'un moyen de transport? Nous n'avons qu'à sauter sur les immenses rochers qui mènent de l'autre côté?

Aussitôt dit, Simon recula de quelques pas et pris son élan, se dirigeant tout droit vers le premier rocher non loin de la rive. À sa grande surprise, il fut attrapé en plein vol par deux gardes, qui le retinrent à bout de bras.

- Eh! Qu'est-ce que vous faites? Laissez-moi tranquille! Je veux redescendre, criait-il en balançant énergiquement ses jambes

- Posez-le par terre, ordonna Ivann aux deux soldats qui le laissèrent tomber lourdement sur le sol.

- Écoutez, jeune homme. Je ne sais pas comment se comporte votre peuple, mais sachez qu'en situation d'urgence, le mien ne prend aucune initative avant d'en avoir reçu l'ordre. Si vous ne faites que des bêtises, il serait beaucoup mieux de ne rien faire du tout, sermonna le capitaine Ivann.

- Bon, bon capitaine, laissez-le, le pria Dagathan. Je crois que mon ami est un peu ébranlé par les évènements, sans oublier qu'ici, à part moi, il ne connaît personne. Avant ce jour, il n'avait aucune idée de l'existence de notre peuple et encore moins de nos coutumes.

- Dans ce cas, messire, il serait bon que vous l'en informiez rapidement s'il ne veut pas s'attirer d'ennuis.

Les dernières notes de l'appel lancé par les soldats s'envolèrent avec le vent. Dagathan aida son ami à se relever et l'aida à se débarrasser du sable fin qui recouvrait ses vêtements.

- Qu'est-ce que j'ai fait de mal? murmura Simon à l'oreille de Dagathan. Bon sang, il est soupe au lait, ce capitaine. Je voulais seulement aller plus vite en sautant sur ces rochers pour me rendre au château. J'ose espérer qu'une fois rendus chez toi, tu trouveras un moyen pour que je puisse partir de cet endroit de malades!

- Tu parles de mon peuple, Simon. Alors, pèse tes paroles, s'il te plaît.

- Non mais, comment réagirais-tu, toi? Mon ami David qui, tout à coup, change de nom pour Dagathan, et comme si ce n'était pas assez, est prince par-dessus le marché! Dites-moi que je rêve! Réveillez-moi, quelqu'un!

- Non, tu ne rêves pas Simon. Tout ça est bien réel. Je voudrais bien te dire le contraire, mais ce ne serait pas honnête de ma part. Les monticules à la surface de l'eau que tu as pris pour des rochers sont en fait les toits des maisons des Courtamines.

- Des maisons! dit Simon étonné.

En y regardant de plus près, plissant les yeux pour mieux voir sans ses lunettes, Simon constata qu'elles étaient toutes de forme arrondie, de différentes tailles et émergaient de l'eau comme des carapaces de tortues géantes.

- Vous vivez sous l'eau?

- Ce que tu vois ne sont que les toits. L'habitation que nous nommons « *teach* » est complètement immergée sous l'eau.

- Comme celles des castors?

- Si tu veux.

- *Teach*, répata Simon.

- Oui, *teach*. Ça veut dire « maison » en gaélique.

- Tu parles le gaélique?

- Oui, *a chara*.

- Qu'est-ce que ça veut dire, *a chara*?

- Ça veut tout simplement dire « mon ami ». Simon sourit.

- Ils arrivent! cria un soldat en pointant du doigt une vague gigantesque qui se mouvait rapidement en direction de la rive où se trouvaient Dagathan et ses compagnons.

Soudain, à quelques mètres du rivage, elle ralentit son allure au grand soulagement de Simon qui, malgré sa mauvaise vue, avait cru à l'arrivée d'un tsunami, ces énormes vagues qui se forment souvent à partir d'un tremblement de terre sousmarin et qui prennent de la vitesse à l'approche des côtes.

Puis l'eau redevint calme, laissant devant Simon, ahuri, une bande de narvals qui s'agitaient en tout sens et éclaboussaient quelques gardes amusés par leurs plaisanteries.

Certains en profitaient même pour effectuer quelques sauts hors de l'eau afin d'épater la galerie. Simon n'apprécia guère ce spectacle.

- C'est quoi, ça? demanda-t-il à Dagathan.

- Des narvals.

- Je le vois bien, que ce sont des narvals, mais pourquoi sont-ils ici? Ils semblent même très bien vous connaître!

- Il y a de cela plus d'un siècle, les narvals mâles, que l'on surnomme « licornes des mers », étaient chassés et tués par les Görks, uniquement pour leur corne d'ivoire. Ces pêcheurs sanguinaires venaient de leur monde par petits groupes afin de les pourchasser. Après les avoir abattus, les Görks sciaient leurs cornes et jetaient les carcasses au fond des mers. Il ne reste que très peu de Courtamines qui ont assisté à ces carnages, mais à ce qu'on dit, ce fut une époque très difficile pour tous les êtres aquatiques. Tout l'écosystème était bouleversé, certaines espèces avaient même de la difficulté à se nourrir et les narvals frôlèrent tout simplement l'extermination.

- Pourquoi faisaient-ils ça? demanda Simon, indigné des pratiques de pêche des Görks.

- Ils se servaient des cornes pour fabriquer des ornements religieux très prisés à l'époque. Or, un jour, mon peuple en eut assez de cette barbarie. Il s'était rendu compte de l'ampleur du désastre en constatant qu'il ne restait presque plus de ces somptueux mammifères marins. Les habitants demandèrent au roi Kirp, le grand-père de mon père, de faire cesser complètement la chasse aux narvals. Le roi Kirp entendit les plaintes de ses habitants et fit une proposition au conseil des peuples en faveur de l'arrêt complet de cette pêche sauvage. Elle fut aussitôt acceptée, ce qui déplut fortement aux Görks.

- Mais qui sont ces Görks?

- Un peuple vivant dans un autre monde. Apparement, ce sont d'excellents artisans, malheureusement, c'est tout ce que je sais, car nous ne nous rendons pas souvent visite. D'ailleurs, les voyages intermondes sont restreints. Depuis que le dernier conseil des peuples a eu lieu, au siècle dernier, très peu de gens ont été autorisés à voyager d'un monde à l'autre.

Simon regardait les soldats s'activer sur la plage et remarqua la grande complicité qui les liait aux narvals qui laissaient ceux-ci marcher sur leur dos en toute confiance.

- Les narvals doivent être reconnaissants de votre geste! demanda Simon.

- Tout à fait, un lien étroit d'amitié s'est créé entre les narvals et les Courtamines. Ils nous rendent plusieurs services, mais nous les utilisons surtout comme moyen de transport.

- Comme moyen de transport? WOW! s'exclama Simon.

Il regardait, émerveillé, ces grands mammifères à la robe grise, de plus de vingt mètres de long, s'amuser entre eux. Ils fendaient l'eau de leur corne d'ivoire située sur le dessus de la tête, et laissaient paraître dans leurs arabesques un ventre plus pâle et tacheté.

- Comme tu peux le constater, les soldats ont installé des attaches sur le dos de quelques narvals. Ainsi, nous pouvons voyager en toute sécurité. Les autres, surtout les plus jeunes, serviront d'escorte. En cas d'attaque d'un quelconque ennemi, ils prendront position autour de nous afin de nous protéger. Alors, Simon, te sens-tu prêt pour un tour à dos de narval? s'amusa Dagathan en décochant un coup de poing amical sur l'épaule de son ami.

- Tout à fait, mon capitaine! répondit Simon, excité.

Chacun prit place sur le dos d'un mammifère qui les mènerait au château.

chapitre 13

La traversée fut de courte durée, mais riche en émotions pour Simon qui s'agrippait de toutes ses forces aux armatures tant il craignait de tomber à l'eau. Tout au long du trajet, sous le regard amusé de Simon, les jeunes narvals prenaient place de chaque côté des voyageurs et faisaient de grands sauts, puis se laissaient tomber et frappaient la surface de l'eau avec leur queue pour éclabousser l'équipage.

Le jeune prince regardait droit devant lui, l'air triste et anxieux. Simon suivit son regard et sut pourquoi son ami n'avait pas du tout envie de rire. Devant lui se dressait, dans toute sa splendeur, l'immense palais royal de cristal. Malgré sa vision floue, car sans ses lunettes, Simon devait s'imaginer les images à quelques mètres de lui, il aperçut deux des trois tours fracassées à plusieurs endroits. À l'intérieur du château, il remarqua l'agitation et le désordre qui régnaient. Certains villageois venus aider les domestiques qui couraient partout, visiblement débordés par les évènements. D'autres, sûrement des escouades d'intervention, tentaient d'organiser les secours et de tout remettre en place.

Simon posa de nouveau son regard sur Dagathan et se perdit dans ses pensées. Son humeur changea tout d'un coup lorsqu'il réalisa l'ampleur de la situation.

- Qu'est-ce que tu as à me fixer comme ça? demanda Dagathan à son ami qui affichait un air interrogateur.

- Rien! répliqua celui-ci. Il n'y a absolument rien. Tout va pour le mieux, mis à part que je me trouve sur le dos d'un narval, qu'il y a un magnifique château en ruine devant moi et que je me retrouve dans un monde étrange avec un ami que je croyais très bien connaître et dont, visiblement, je n'ai aucune idée de qui il est réellement. Ha! oui! Je me demandais aussi quand j'allais retourner dans mon « monde », comme tu dis? Cela ne ressemble pas du tout à ce que je connais, dit-il en désignant d'un grand geste l'horizon.

- Calme-toi, Simon, répliqua Dagathan, et tiens-toi bien aux câbles au lieu de gesticuler comme tu le fais. Tu vas glisser et tomber à l'eau.

Devant l'air désespéré de son ami, le jeune prince inspira profondément et tenta de le rassurer du mieux qu'il le put.

- Simon, je ne peux malheureusement pas répondre à toutes tes questions maintenant, parce que je ne sais pas moi-même ce qui se passe. Comme toi, il semblerait que je doive attendre patiemment pour en savoir plus sur les assauts subis par mon peuple. Mon monde n'est plus ce qu'il était avant mon départ pour Terrebonne. Si tu es ici, Simon, c'est en partie à cause de moi, mais crois-moi, je n'ai pas pu faire autrement. J'ai simplement voulu te sauver la vie. Quand je t'ai vu tomber dans l'énorme fissure qui s'est ouverte sous l'impact du tremblement de terre, j'ai eu très peur pour toi. Je croyais t'avoir perdu pour toujours! Je ne pouvais pas te regarder franchir les portes de la mort et assister bêtement à ta dernière heure sans faire quoi que ce soit, surtout que j'avais la possibilité de te venir en aide. Je savais très bien que je transgressais encore les lois de mon peuple en t'amenant et que je serais sévèrement puni pour ce geste. Mais vois-tu, si c'était à recommencer, je le ferais de nouveau, sans hésiter. Surtout pour mon meilleur ami.

Un lourd silence enveloppa l'atmosphère. Les vagues emportèrent les dernières paroles du prince au large. Ému, Simon remercia Dagathan du fond du cœur, encore bouleversé par les révélations de celui-ci.

Les deux amis se regardèrent en souriant et Simon pensa que Dagathan avait beaucoup de courage. Il lui était très reconnaissant du geste posé à son égard. Finalement, le titre de « prince » lui convenait parfaitement.

À l'approche du palais, un des soldats détacha son *marquillon* de sa ceinture et souffla trois petits coups saccadés afin de signaler leur arrivée aux gardes du château. Les narvals transportant leur chargement royal attirèrent la foule vers la passerelle de débarquement. Malgré la joie de certains villageois de revoir leur jeune prince, l'inquiétude des derniers évènements planait toujours sur les habitants. Dagathan et Simon débarquèrent parmi la cohorte de gens qui les submergèrent de questions.

En les apercevant, des hommes vêtus de pantalons moulants à carreaux et aux torses nus couverts de suie accoururent vers eux pour les aider à monter sur la passerelle. Dans leur empressement, les mains palmées de plusieurs hommes s'amoncelèrent sur les épaules, les bras et le visage de Simon, qui n'appréciait guère. Certaines femmes en robes longues tachées du sang des blessés qu'elles secouraient étaient inquiètes en voyant le petit groupe et voulaient savoir si tous se portaient bien. D'autres tentèrent même de franchir le cordon de sécurité que les gardes avaient formé de leurs bras afin d'aider le jeune prince et son ami. Sans le vouloir, la foule se pressa vers le petit groupe qui essayait de répondre malgré tout aux questions des habitants.

- Éloignez-vous! Laissez-les passer! cria un des gardes.

- Ils ne peuvent pas répondre à vos questions! Ils ne savent rien. Poussez-vous! hurla un autre.

- Qu'est-ce qu'ils ont? demanda Simon, qui commençait à être effrayé.

- Ils ne veulent que nous aider, mais le résultat est inverse.

Le capitaine, ses soldats ainsi que Dagathan et Simon avaient peine à avancer dans toute cette foule agglutinée autour d'eux. Les gens inquiets tentaient de savoir ce qui pourrait encore leur arriver. Y aurait-il d'autres attaques?

Simon, qui voyait à peine où se diriger, tenait fermement la main de Dagathan. Malgré toute la protection assurée par les gardes, certains habitants réussirent à agripper les vêtements des garçons qui étaient de plus en plus effrayés par cet accueil. Ivann et deux de ses gardes qui se rapprochaient des portes du palais n'eurent plus d'autre choix que de se servir de leurs massues fabriquées à partir d'os de baleine en les brandissant à bout de bras pour signifier clairement aux habitants qu'ils les utiliseraient si ceux-ci ne les laissaient pas passer.

Ils atteignirent finalement les portes du palais. Les chaînes se relâchèrent pour laisser tomber les lourdes portes de cristal, laissant les habitants médusés derrière les remparts.

La pluie tombait en trombes sur les rues de Terrebonne. Deux individus s'approchèrent des cordons jaunes portant les inscriptions « Danger – Caution » que les services d'urgence avaient installés tout autour de l'école Alfred-Filiatreault, lieu où le séisme avait fait le plus de dégâts. Les cours avaient été suspendus, au grand désarroi de la directrice, madame Frappier, qui aurait souhaité malgré tout qu'ils se poursuivent. Elle aurait aimé utiliser les salles de fortune de l'église Saint-Louis. En scrutant les alentours et ne remarquant personne dans les parages, ils franchirent les cordons de sécurité. D'un pas décidé, ils se dirigèrent vers la porte nord de l'établissement, l'entrée la moins achalandée et la moins visible du stationnement. Le personnage le plus imposant sortit de son long manteau une barre à clous et frappa la poignée qui céda sous l'impact. Sans scrupules, ils pénétrèrent d'un pas sûr à l'intérieur de l'établissement. Le plus petit des intrus ouvrit la marche. À l'aide d'une lampe de poche, ils suivirent le chemin qui menait à la bibliothèque des professeurs. Le plus grand des deux individus déplaça quelques débris qui encombraient l'entrée et ils jetèrent un coup d'œil à l'intérieur de la salle où étaient amoncelés poussière et détritus.

- Il n'y a plus rien. Plus rien, ni personne, dit une voix féminine.

- Crois-tu que notre maître a retrouvé le livre sacré? demanda le plus grand.

- Je le crois.

- Crois-tu que les jeunes s'en sont sortis?

- Je le crois, malheureusement.

- Que devons-nous faire maintenant, Sarah?

- Retrouver le Chaudron de Gundestrup chez ces puants de Swarffs.

La jeune fille qui tenait la lampe se retourna vers son comparse et éclaira son visage.

- Et fais-moi plaisir, Fraser, débarrasse-toi de cette maudite souris blanche. Ces bestioles transportent la fatalité dans leurs tripes.

- Franchement, une si petite bête te ferait peur, à toi? Je ne te savais pas aussi superstitieuse.

Les peuples de lumière

alphabet oghamique

a
b
c
d
e
f
g
h
i
l
m
n
o
ng
q
r
s
t
u
z
ea
oi
ui
ia
ae

Les peuples de lumière

Achevé d'imprimer sur les presses de Transcontinental
Métrolitho, Sherbrooke, Canada pour le compte des
Éditions RELIÇA.

© Éditions RELIÇA, 2007
Tous droits réservés pour tous pays

ISBN 978-2-9810092-0-3
Dépôt légal - Bibliothèque
et Archives nationales du Québec, 2007

Dépôt légal - Bibliothèque
et Archives Canada, 2007

les peuples de lumière